初恋契約　御曹司養成所

夢乃咲実

CONTENTS ✦目次✦

初恋契約 御曹司養成所

✦イラスト・鈴倉 温

✦カバーデザイン＝コガモデザイン
✦ブックデザイン＝まるか工房

初恋契約　御曹司養成所

窓から外に向かって手を差し出すと、初夏の日差しが手ですくえるような気がする。そうすると掌がぽかぽかして、身体の中もぽかぽかして、そして心がわくわくしてくる。こんな日はなんだかいいことがありそうだ。

「理久」

よく知った声の主が、理久の背中に抱きついてきた。

「外、いい天気だね」

「芝生に遊びに行きたいね」

別な声も背後でそう言っている。

理久たち七歳クラスの十三人はこの春から学院の寮で暮らしはじめたばかりだが、その前から学院の保育舎でずっと一緒に育ってきたから、全員がちょっと数の多い兄弟のようなものだ。

保育舎には「ママさん」たちがいて、理久たちにいっぱいの愛情を注いで育ててくれた。そしてもう七歳になったのだから、今度は勉強とか、教養とか、躾とか、そっちが大事になるということで、学院の寮に移されたのだ。

抱き締めたり甘えさせたり叱ったりしてくれるママさんたちと離れたのは寂しいが、理久たちはこれから「社会の役に立つ」大人になっていかなくてはいけない。

学院の寮の寮監先生たちにも馴染んだし、年上の少年たちの顔も少しずつ見覚えてきたところで、新しい生活に全員が慣れてきている。

そして今日は、こんなにお天気がいい。

授業が終わったあとも、いろいろな係とか当番が割り振られているけれど、芝生でほんの十分くらい、追いかけっこをする余裕はある。

「外に行こう！」

誰かの声に全員がぱっと反応し、一斉に教室を飛び出す。

いつもこういうとき一瞬出遅れる理久も、みんなの背中を追って駆けだした。

揃いのブレザーの制服を着て芝生ではしゃぎ回る少年たちの姿は、傍から見ると仔犬の群れのようだろう。

兄弟のように育っているとはいえ「血が繋がっている」わけではないから、顔や体格はまちまちだが、それぞれに品のある賢そうな顔をしている、という意味では似ている。

そして全員が、元気いっぱいだ。

理久はその中でも背はちょっと低く、少し茶色がかった髪はさらさらで、全体にパーツが小ぶりの顔の中で、睫毛の長い大きな目が目立っている。

どちらかというと運動は得意ではなくて、少々「とろい」ところがあり、鬼ごっこなどだと格好の獲物になってすぐ捕まってしまうが、こういうふうにみんなで遊ぶのは大好きなので、鬼になっても全力だ。

きゃあきゃあ言いながらの鬼ごっこは次第に鬼が誰だかわからなくなって、あちこちで勝手な追いかけっこがはじまり、捕まえた相手とそのまま取っ組み合って転がったりしていると……

「いたい！」

突然一人の少年が声をあげ、全員がはっとしてそちらを見た。

仰向け（あおむけ）に転んだ少年の、半ズボンに白いソックスの片脚がもがいていて……もう片方の足のつま先が、芝生の中にめり込んだように見える。

芝生にあいていた穴につま先を突っ込んだのだ。

「純（じゅん）、大丈夫⁉」

周囲にいた少年たちが取り囲んだのが同部屋の仲良しだと気付き、理久も慌てて駆け寄った。

純は眉をぎゅっと寄せて辛（つら）そうな顔をしている。

「誰か、先生を――」

一人の少年が叫びかけたときには、もう校舎の方から二人の大人が駆け寄ってきていた。

若い担任と、少し年上の寮監の先生だ。

少年たちが遊んでいるところを、ちゃんと見守ってくれていたのだろう。

先生たちが転んだ純の側（そば）に膝をつき、少年たちは慌（あわ）てて一歩下がって場所を空けた。

「ここ？　こうすると痛む？　これは？」

寮監の先生が足首のあたりを触って純に尋ね、

「折れてはいない。たぶん捻挫でしょう。医務室へ」

そう言うと、担任の先生が純の身体を抱き上げた。

「待って、あの、誰か！」

抱き上げられた純が、慌てて叫ぶ。

「当番！　お願い！」

そのまま先生たちは早足で遠ざかっていき、残された少年たちは顔を見合わせた。

「当番って言ってたね。純って、今週なんだっけ」

「あ……確か、うさぎ当番」

誰かが答える。

「うさぎ当番の班長に言いにいかないと」

一人の少年が、みんなを見渡した。

「誰か、このあと行ける？」

学院の生徒はいろいろな当番を持ち回りでやっていて、学年をまたいだ班があり、年長の少年が班長になっている。

うさぎ当番というのは、学院で飼っているうさぎの世話だ。

犬や猫、うさぎなど、一般の家でペットとして飼育される可能性のある動物には慣れておくようになっている。

つまり当番は、大事な学院のカリキュラムの一部なのだ。

純が行けないことを誰かが知らせに行かなくてはいけない。

理久が手を挙げようとするのより一瞬早く、全員を見渡していた少年が理久を見た。

「理久、行ける？」

「あ、うん」

理久は頷く。

「当番はなんだっけ」

「僕は今週花壇当番で、朝に水やりに行ったから、放課後はいいって言われたんだ」

だからさっさと手を挙げればよかったのだが、どうもこういうとき理久は、ちょっと出遅れる。

「じゃあ理久、お願い。みんな、解散しよう」

そう言った少年は、反応も早く、こういうときにてきぱきと指示を出すタイプ。

理久は自分もそうありたいと思いつつ、自分はそういうタイプではないということも、すでに自覚している。

やる気がないわけでは決してないし、ちゃんと自分の役割を果たして役に立ちたいと思うのに、要するに「とろい」のだ。

とにかく今は、うさぎ当番の班長に報告だ。

「それじゃ、行ってくるね」

理久はそう言って、うさぎ小屋がある校舎の裏手に向かって駆け出した。

あひるの池や、羊小屋、馬小屋などが集まっている一角の奥まったところに、うさぎ小屋がある。

場所の見当はついていたのでうさぎ小屋に辿り着き、中を覗き込むと、一人の長身の少年がいて、足元にうさぎをまとわりつかせながら箒で床の掃除をしていた。

学院には十八歳までの少年がいて、年長になるにつれて数が減っていく。

うさぎ小屋の中にいる少年は、たぶん十七、八歳……最年長クラスくらいだろう。

理久からは、若い先生と変わらないくらいの、ほとんど大人に見える。

長靴を履き、当番用のジャージを着て首にはタオルを巻いているが、手足の長いすらりとした体格と、鼻筋の通った、品があると同時に意志の強そうな印象的な横顔が、はっきりとわかる。

口元を引き結び、真剣な顔で、黙々と作業をしているその少年に、理久はおそるおそる声をかけた。

「あの……」

少年は理久を見ると、怪訝な顔をした。

「何か？」

「あの、七歳クラスの……純がちょっと怪我をして、当番に来られなくなったんです」

少年はちょっと眉を上げる。

「怪我？　どうしたんだ？」

「芝生で遊んでて、たぶん捻挫だって……」

「そうか」

少年はかすかに眉を寄せる。

「たいした怪我じゃないといいが。それで、わざわざ知らせに来てくれたのか」

首に巻いていたタオルで軽く鼻先の汗を拭き、改めて理久を見る。

「ありがとう」

穏やかだが、どこか威厳を感じさせる声。

この人もきっと、指示する側と従う側に分けるなら、文句なしに指示する側、人の上に立つ優れた素質がある人なのだろうと、理久は感じた。

学院の生徒は優秀な遺伝形質を持っている少年ばかりだが、その中でもさまざまな場面で特徴や優劣はある。

目の前にいる人は、少し引っ込み思案で不器用な自分とは、たぶん正反対の人。

こういう人がこんなに年長になるまで学院に残っているのはどうしてだろう。

条件のいい「引き取り先」が絶対にあったはずなのに。

この学院の生徒たちはみな、いずれはどこかの家庭に引き取られていくことを前提にして育てられている。

社会的地位や経済力を持ち、優秀な後継者を必要としている家に。

だから生徒たちは、上流社会に通用する躾や常識、立ち居振る舞いなどを教え込まれる。

理久たちのような年少の少年たちもその基本的な理念はちゃんとわかっていて、どんな家庭に引き取られていくのだろうと、あれこれ想像したりもしている。

この人だって、同じ立場のはずだ。

だが理久にはまだ、学院のシステムを完全に理解するのは難しい。学院の生徒を望む家庭には、いろいろと複雑な希望があるのだろうと想像するだけだ。

それよりも理久は、今目の前にいる人の作業が気になる。

五羽のうさぎが走り回っている場所は、小屋の中ではあるが広々として土で起伏が造ってあり、高くなっている部分には穴があいていたりする。

そこに、一羽のうさぎがひょいと入っていった。

「あ！　入った！」

思わず理久が言うと、年長の少年は白い歯を見せて笑った。

彼の顔が思いがけず親しみやすい温かい笑顔に見えて理久はどきっとする。

「お前、うさぎ当番はまだ経験してないのか」

「はい」

理久が頷くと、

「暇なら少し、純の代わりに手伝っていくか？　まだ少し時間が早いから。他の連中はこのあと来る。その前に、一人でできる部分ははじめようと思っていたんだが」

手伝わせてもらえる！

理久は頷いた。

「はい！」

「じゃあ……」

年長の少年は理久の服装を見た。

作業着ではなく、制服だ。

「あまり汚すわけにはいかないな。とりあえず、上着を脱いで、シャツの袖を捲って、そこにある長靴を履くんだ。軍手はそこ」

てきぱきとわかりやすい指示をくれたので、理久は急いで従った。

用意されている長靴はぶかぶかだし、軍手も理久の手には大きいが、なんとか作業をする格好になる。

うさぎが外に出ないよう気をつけながら柵の中に入ると、藁などが散らばった土の上を掃除し、えさ入れや水入れを空にして、きれいに洗う。

彼の指示は明瞭でわかりやすい。

うさぎたちは、邪魔するでもなく、なんとなくまとわりついてきたり、周囲を駆け回ったりしている。

すると彼がふと、ぴゅいっと口笛を吹いた。

その澄んでよく通る音に、思わず理久が彼を見ると、うさぎたちもぴたりと動きを止めて彼を見ている。

彼がもう一度、今度は少し違う音で口笛を吹くと、また一斉に駆け回りはじめた。

「え、え、すごい、今の……どうして⁉」

思わず理久が尋ねると、彼は片頬で苦笑した。

「どういうわけか、これが効くんだ。うさぎに『待て』『よし』ができるとは思わなかったんだが」

理久には、まるで号令をかけたようにうさぎが動くのが面白くてたまらない。

「誰でもできるんですか？」

「どうやらそうでもないんだが……やってみるか？」

そう促され、理久は唇を窄めて音を出そうとしたが、すうっと息が出ただけだった。

「ああ、まずそこからか」

彼は白い歯を見せて笑う。

「息が強すぎると音は出ない。軽くやるんだ」

そう言って、口笛で軽やかに音階を吹く。高いところまで行くと引き返してきて、低い音に戻り、小刻みなリズムでスタッカートを刻んだり、息を吐いているときと同様に吸っているときも音を出したりする。

理久は目を丸くした。

「すごい！　すごい！　僕もそんなふうに吹けるようになりたい！」

「根気が要るぞ」

「根気……根気は、あるつもりなんですけど」

理久が口ごもると、彼はわずかに首を傾げ、理久を見つめた。

「けど？」

「僕……不器用で」

理久はため息をついた。

「不器用だし、とろいし、どうして僕はこんなふうなのかなあ……こんなふうじゃ、僕を欲しいっていう人なんていないかも……」

思わず本音を洩らし、理久ははっとした。

自分を欲しいという人などいないのではないか、そんな不安が、自分の欠点を自覚するごとにじりじりと育っているのを、なるべく抑え込もうとしていたはずなのに。

どうしてこんなことを、はじめて話をした人に、洩らしてしまったのだろう。

「あ、ごめんなさい、こんな話……」

「いや」

相手は真面目(まじめ)な顔で、首を横に振った。

「だが、それがお前の自己評価なんだな。不器用で、とろい。だが、今の作業の間に俺から見えたお前は、的確にこっちの指示を読み取って、手を抜かず丁寧に作業をする、という姿だったが」

「え……」

じわりと、理久の頬が熱くなった。

そうなのだろうか。

もちろん、指示されたことはきちんと全力でやる。だが今の場合、彼の指示がとてもわかりやすかったから、指示通りに動けた、というのもあるような気がする。

それでも、そんなふうに褒(ほ)めてもらえるのは嬉しい。

「……誰もが、リーダーになる資質を持っているわけではないし、誰もがそれを求められるわけでもない」

彼は、理久にもわかるような言葉を探すように、ゆっくりと言った。

「後継者を求める家庭でも、その後継者に求める資質はそれぞれに違う。お前はリーダーになるというよりは、リーダーを傍(かたわ)らで支えるのに適しているのかもしれない」

学院の、定期的なカウンセラーとの面談でも同じようなことを言われたけれど、似たことをこの人の言葉で言われると、なんだか胸に響く。

「本当に……そうかなあ」

「お前を見ていると、俺にはそう思えるよ。だからお前には、そういうお前を必要としてくれる家が絶対にある」

その言葉に、理久は胸の中のもやもやがすうっと晴れていくような気がした。

無理してリーダーにならなくても、傍らで支えるような人間になれれば、そういう自分を必要としてくれる人がいる。

そう思えるのは、なんて素晴らしいことだろう。

だったら、不器用でとろいなりに、日々やれることを丁寧に精一杯にやろう。

そんな、前向きな気持ちになってくる。

「顔が明るくなった」

彼が笑いながら言って、軍手を脱ぐとぽんと理久の頭に手を載せる。

大きな……ほとんど大人の、指の長い大きな手が、心地いい。

そのときうさぎ小屋の扉が開いて、五人ほどの生徒が入ってきた。

「タカヒロさん、遅くなりました！」

彼の名前はタカヒロというらしい。

そういえば自分だって、ちゃんと名乗ってもいなかったのだ、要するにこういうところがとろいのだ。

「あれ？　その子は？」

生徒たちが不思議そうに理久を見た。

「純の代わりに来たんだ。あとは俺たちでやるから大丈夫だ、ありがとう」

タカヒロがそう言って理久に頷く。

……今さら名乗るタイミングも逸してしまった。

理久は残念な気がした。

もう少しここで、タカヒロと一緒に作業していたかった、と思う。

理久の表情を見て、タカヒロはにっと白い歯を見せて笑う。

「口笛は、今度機会があったら教えてやるよ」

もちろん口笛も教わりたかったが、それ以上に、もう少しタカヒロと同じ空間にいたかったのだと、理久は気付いた。

それが終わるのが残念なのだが、これがうまく言葉にできない。

とにかく、自分はもうここにいる必要はないのだから……するべきことは決まっている。

理久はぺこんと頭を下げた。

「それじゃあ、失礼します」

「うん、お疲れ」

「お疲れー」

他の生徒も口々に言ってくれ、理久はうさぎ小屋の外に出た。

空には少し雲が出てきて、空気には夕方の肌寒さが混じりはじめている。

だが理久の心はぽかぽかとして、そして頭の上には、ぽんと置かれたタカヒロの手の感触が、ずっと残っているような気がしていた。


幸い純の捻挫はたいしたことはなく、足首をしっかり固定してもらい、さすがに翌日の体育は休んだものの当番には出かけていった。

翌週には当番のローテーションに従い上級生の組み合わせも変わったが、理久はタカヒロと一緒にはならなかった。

その翌週も、そしてそのまた翌週も。

外の世界では小学校一年生にあたる理久たちと、高校二~三年生にあたるタカヒロの学年では共通するカリキュラムもなく、学院の同じ建物にいてもなかなか顔を見る機会もない。

それでも時折遠くから見かけることはあった。

タカヒロの姿はすぐにわかる。そうでなくとも年長の少年の数は少ないし、すらりとして手足の長い、バランスの取れた長身と、背筋の伸びた姿勢の良さは遠くからでも理久には一目で見分けられた。

見かけるたびに「あ、あの人だ」と思い、そしてうさぎ小屋での短い時間を思い出す。いつか口笛を教えてもらうんだ、とひそかに楽しみにしていたが……

その機会はとうとう来なかった。

ある日を境に、タカヒロの姿を見かけなくなったのだ。

それは……もちろん、予想できたことだった。

当然のことだ。

十八歳になっても引き取り先が決まらなければ、学院は大学に進学させてくれ、官僚など別な可能性に導いてくれるが、それは生徒たちにとって嬉しいことではない。

あくまでもどこかの家庭の子どもになり、その家で役立つ存在となることを目的に、生徒たちは存在している。

理久のような幼いクラスの子でも、それくらいは理解している。

だから……学年の途中でタカヒロがいなくなったということは、彼もとうとうどこかの家に引き取られていったということで、タカヒロのために喜ぶべきなのだ。

それでも遠くから見ていたタカヒロがいなくなってしまい口笛を教えてもらう機会を永遠に逸したことは、やり損ねた課題のように、いつまでも理久の心の底に残っていた。


「はぁ」

理久はため息をついた。

十七歳になった。十七歳になってしまった。

理久たちは、同じ学年の少年たちが一斉に「今日から十七歳」になる。

盛大に誕生日のパーティーもあって、互いにプレゼントを贈り合ったりもする。

だがそれは「仮」だ。

名前が「仮」であるのと同じように。

引き取られていく家の都合で、新しい名前や誕生日を与えられることもあるし、名前はそのままのこともあるけれど、それまでは「仮」なのだ。

理久は自分たちが、卵の中で育ちつつある雛(ひな)のようなものだと思う。

殻を破って外の空気を感じるそのときが本当に「生まれる」瞬間であって、その意味ではまだ学院の生徒たちは誰も「生まれて」いないのだ。

そして、ここから出ていった少年は「生まれた」のだ。

理久の学年は減るのが早く、同学年の少年は十五歳のときにはもう五人だけになり、十七歳の今では三人だ。

誰か一人がいなくなるたびに、理久たちは取り残されたような、出遅れたような気持ちになる。

先生たちは「焦らないように、全員に、運命は用意されているのだから」と言うし、落ち込まないようなメンタルトレーニングも受けている。

タカヒロの、「そういうお前を必要としてくれる家が絶対にある」という言葉はずっと理久の中に支えとして残っているが、その支えが立っている理久の心の土台の方がぐらついて、不安な気持ちがどうしてもじわじわ沁(し)みだしてくるのだ。

この学院のシステムは、ある意味「必要悪」だ。

日本で、少子化と後継者不足という社会問題が顕在化してからもうずいぶんになる。

世界的に同じ問題はあるものの、日本の名家特有の「血統重視」「男子優先」という価値観や、養子の概念の根付きにくさが、さまざまな問題を生んだ。

複数の親族で一人の子どもを奪い合ったり、ふさわしい後継者を得ることができずに企業が潰(つぶ)れたり伝統芸能が衰退したり、という事態も生じた。

そこで、この学院が生まれたのだ。

少年たちは「実子」として、後継者を必要とする家に引き取られていく。

切実に後継者を必要としている家では、ふさわしい能力を備え、「実子」と言い張れる容姿の子どもが必要だ。

だから赤ん坊ではなく、ある程度成長してその見極めがついた子どもを望む。

そして「海外の寄宿学校で育った」などの理由付けをして、引き取られていくのだ。

もちろんそういう「海外の寄宿学校」のアリバイや、法律上の処理、遺伝情報の管理なども行われている。密かに政府のバックアップも受けているから、そういうことが可能であるらしい。

特別養子縁組を少し発展させたもの、という言い方もできる。

そして理久も、他の少年たちと同じように、自分を必要としてくれる、自分がぴったりと収まることのできる場所を待ち続けているのだ。

理久たちは、そういう自分たちの状況を「恵まれている」と感じている。

貧富の差が広がって、才能があっても思うような教育を受けられなかったり、家族の関係がうまくいかなかったりする子どもも「外」には大勢いると聞いている。

だが自分たちは思う存分適性を伸ばすための教育を受けられ、衣食住に不自由することもなく、生徒たちは兄弟のような関係だし、先生たちも愛情を注いでくれる。

むしろ自分たちは、幸運なのだ。

そして、引き取ってくれる家庭が見つかれば……もっと幸せになれる。

その日を待ちわびている。

実のところ理久は「オプション」といわれる教育をいくつかすでに受けている。

日本の上流家庭で必要とされる基本的な教育は、学院のカリキュラムに入っている。

しかしそれとは別の「特別な」教育を受けることを、指示されることもある。

特別な言語とか、マイナーな趣味とか、スポーツなどだ。

それが「オプション」と呼ばれるもの。

通常それは、生徒の誰かを引き取りたいと望む家庭が、教育の仕上げとして望むもの、というように捉えられている。

たとえば、北欧のある国で育ったことにしたいので、その国の言語を、とか。

伝統芸能の家で望まれているのでその教育を、とか。

候補の数人が同じ教育を受け、その中から選ばれることもある。

新しいオプション教育を指示されるということは、少なくともどこかの家の「候補」には上がっている、ということだ。

そこから、面談に進む場合もある。

何人か条件の合う少年たちが選び出され、「親」となる人、もしくはその代理人と直接面談することが多い。

理久も十歳になる前に三回ほど面談を受けたが、選ばれなかった。

その他にも当人には知らせずに、映像などの資料が相手に渡っていることもあるらしいが、それは理久たちにはわからない。

そんな中でも理久は「今日からこのオプションを」と言われ、陶芸や、美術品鑑定、ピアノ演奏などのオプション教育を受けた。

通常の授業でも一通りは行われるが、それをさらに補強するものだ。

理久は新しいオプション教育を指示されるごとに、胸を高鳴らせた。

誰か理久を引き取ることに決めた人が、その家の子どもとして必要な知識や技術を身につけさせるために求めたのだと思ったからだ。

それなのに……

結局そういう人は姿を現さず、理久のオプションは「受けっぱなし」になっている。

どういう家庭で望まれるにしても邪魔になるような教育ではないから、それはそれで構わないのだが。

そうやって、一喜一憂しながらこの数年を過ごし——

もしかしたら自分はこのまま、学院を卒業するのかもしれない、という覚悟が理久の中で少しずつかたまりはじめていた。

十八歳になっても引き取り先が決まらない場合は、学院を出て「外」の大学に進むことになる。

学院のスポンサーが経済的なことには責任を持ってくれる。

もともと学院の子どもの頭脳は優秀だから、将来は大企業のトップや政治家の秘書、官僚などの道に進むことがほとんどらしい。

その中のどれかだとしたら、自分はどの道に進むべきなのだろう、と……理久はそんな将来を現実的に頭の中で考えはじめていた。


「え、え、ほんと⁉」

「オプション……って、あのオプション？」

二人の少年のひそひそ声に、周囲にいた少年たちが一斉に注意を向けた。

娯楽室には今、十五歳以上の少年たちだけが集まっている。

それくらいの年齢で、外の世界の少年たちが当然知っているようなゲームとかアニメのような娯楽、そして有名なＣＭなど、知っていないと不審がられるようなものは、この部屋で見聞きできるようになっているので、空いた時間にはなんとなくこの部屋に集まることが多い。

誰かが、テレビＣＭが繰り返し流れていたモニターの電源を落とした。

「誰かオプションを受けたの？」

同じ学年の誰かが尋ねると、ひそひそ話していた二人の少年が、顔を赤くして振り返る。

「え、ちが、違うよ！」

一人が慌てて首を振った。

「コウジさんが、なんかそれっぽいオプションを受けたんじゃないかって、ユウヤさんが言ってたって、ユキが言ってたって……」

「なんだよ、又聞きの又聞き？」

身を乗り出していた少年たちは拍子抜けしたように笑い出した。

説明していた少年が口を尖らせる。

「だってさあ、興味あるじゃん」

「それはまあ、ね」

少年たちは意味ありげに頷き合った。

オプション……「モンゴル語オプション」とか「馬場馬術オプション」とか言わずに、ただ「オプション」と秘密めかして言うとき、それは「性オプション」を意味している。

一般的な性教育なら全員が受けているけれど、その「オプション」は、「実際の体験を伴う」ものだ。

学院の生徒たちの中でもあまりおおっぴらには語られず、なんとなく「そういう教育があるらしい」「誰それが受けたらしい」という噂話の対象になっている。

特に、今話をしている少年たちくらいの年齢だとそういう興味が高まりはじめて、いったい何がどういうふうに行われるのか、みな興味津々なのだ。

どういうわけか不思議と、実際に受けた生徒の体験談は伝わってこない。

他のオプションと違ってどうにも秘密めいた雰囲気なので、余計に興味が増すのだ。

理久は、自分も二年ほど前、同じ学年の少年たちと交わした会話を思い出した。

「ねえ理久、もしオプションの話が来たらどうする?」

誰かが、理久にそう尋ねたのだ。

「どうするって……」

理久は口ごもる。

もう精通はあったし、自慰も知っていた。

だが理久自身はそれほど欲求が強いわけでもなくて、性オプションの話にもそれほど積極的に食らいつきたい気持ちもなかった。

たぶん自分は……「奥手」と言われる部類なのだろう、と感じていたし、今でもそうだ。

「受けろって言われたら……受けるだけだよ……ねえ」

理久には、そう答えるしかなかった。

性オプションは、最後の最後に「追加」で求められるものだと、なんとなく噂されている。

そして、本人がどうしても「いや」と言えば拒否できる唯一のオプションでもある。

だが受けろと言われるということは、引き取り先の家庭がほぼ決まっていて、その家が求めている、ということだ。

拒否したためにその話が流れるのはいやだ。

でも、実際にその場になったらどういう気持ちになるだろう?

実際にオプション授業を受けてみていやだったら「やっぱりいやだ」と言えるのだろうか。

そんなことを考えてしまうのも、自分がまだ未熟だからなのだろうか。

だとしたらそんな自分には、オプションの話なんてまだまだ関係ないのかもしれない。

そんなことを考えていたのを思い出していると……

「理久さん」

年下の少年が、部屋の隅のソファに座っている理久に向かって尋ねた。

「理久さんは、オプションって具体的に何をするのか知ってますか?」

「おい」

年上の少年に、答えにくい失礼な質問をするな、というように別な少年が止める。

理久は苦笑した。

「僕も、なんだかよくわからない。実のところ、そのオプションって本当に存在するのかなあっていう気もしてるよ」

「えー、そうなのかあ」

理久に尋ねた少年ががっかりしたように答え、別な少年が笑い出す。

「何、お前、受けたくって期待してるの？」

「そうじゃないってば！　でも本当にあるなら知りたいじゃないか」

「それはそうだよ」

また別な少年が口を挟む。

「そもそも、どういうふうにやるんだろう。専門の先生がいるの？　それとも知ってる先生の中の誰かとマンツーマンとかでやるのかなあ」

「やる、って言葉がなんかイヤラシイ」

「そういう意味じゃなくって！」

「じゃあどういう意味⁉」

「いっつもそうやって揚げ足を取るんだからさあ」

「足を上げる方が悪いんだってば」

からかいの声とともに秘密めかした雰囲気は吹っ飛んでいってしまい、理久は少しほっとして、そっと立ち上がると娯楽室を出た。


その数日後、担任から面談の呼び出しがあった。

面談は頻繁にあって、それが引き取り先候補との面接に繫がることもあれば、何かメンタル的な問題がないかどうかチェックするだけのこともある。

少年たちは担任と親密で良好な関係を築いているので、二人で話をする、というのは楽しみな時間でもある。

いつもどおりに時間になると面談室に向かい、くつろげる雰囲気のソファに担任と向かい合って腰を下ろすと……

「今日はちょっと、きみの考えを聞きたくてね」

担任がさりげなく言った。

しかしそのさりげなさが理久に「何か特別な話だ」という印象を与え、鼓動が速まった。

もしかすると……引き取り先との面接とか……そういう話だろうか。

それでも、落ち着いた態度は崩さずに頷く。

「はい、なんでしょうか」

「きみは、性オプションを受ける気はあるかな」

「……え」

理久は思わず絶句した。

性オプション。

本当に存在したのか。

そしてまさか……まさか、自分にそんな話が……？

喉に何かつかえたような気がして、理久は一度、なんとか咳払い(せきばら)をした。

「それは、あの、僕の家が……候補が……決まった、んでしょうか」

オプションそのものよりも、そっちが知りたい。

担任が頷いた。

「ほぼ、ね」

「実は、もうきみはずいぶんと前から、とある家庭の候補になっていたんだよ。ただ、あちらの事情でどうしても決定に至らず、もしその間に他の家庭がどうしてもきみを……というこ となら諦め(あきら)ざるを得ないが、ということできみに知らせることができなかったんだ。だがとうとう先方が決意をしたのでね」

担任の言葉に、理久は目を丸くした。

自分がどこかの家の「候補」に上がっているなんて、知らなかった。

だから、オプションは受けつつも、面談には至っていなかったのか……！

ということは、ずっと「誰か」が理久のことを考えてくれていたということだ。

嬉しい。

とうとう、どこかの家に、家族として受け入れてもらえるのだ……！

そして。

「その……オプションが、条件なんですね」

理久が尋ねると、担任は頷いた。

「だがそれも、無理に、ということではない。ただ、都会育ちのこの年齢の男の子として、早い子ならば体験していてもおかしくない程度のことを、と。あちらのご家庭で、いきなりきみにそういう教育をできるような関係になれるかどうか不安がっていらしてね」

あちらのご家庭。

急に「家庭」「家族」という言葉が身近なものに思えてくる。

いきなりそういう教育ができるような関係になれるかどうか不安がっている……ということは、時間をかけて家族としての関係を築いていくつもりでいてくれる、ということだ。

それはむしろ、突然家族としての親しみを持て、と言われるよりも好ましい。

場合によっては、とりあえず親族や知人の前で「演技」として親しげに見せる必要もある、というのは覚悟してきたからだ。

自分の、家族。

その人たちが望むのなら。

ただ、自分では想像もしていなかったオプションを受けることに、やはり不安はある。

「あの……もし、僕がそのオプションをちゃんと受けられなかったら……」

「そういう心配はいらないよ」

担任は真面目な顔で首を振った。

「きみたちが性オプションに関していろいろ想像していることは知っているが、ちゃんと適性その他を考えて、精神的にも無理のないような個別のプログラムを考えてある。きみは何も考えないで、レクチャーしてくれる先生に従えばいい」

ということは、誰か一人の「先生」が教えてくれるのだ。

担任の冷静さが、これはカリキュラムの一環であり、そんなに身構える必要はないのだと思わせてくれる。

「わかりました」

理久は、短い言葉でただそれだけを答えた。


「失礼します」

理久は、指定された部屋の扉をノックし、緊張しながら扉を開けた。

学院の広い敷地の中、校舎や寮から少し離れた別棟の一室が指定された場所だ。

外部からの来客などが宿泊する建物で、理久たち生徒は特別な場合でないと立ち入ることはない。

つまり今は「特別な場合」なのだ。

理久が部屋に入ると、そこは窓の大きな、リビングルームのような空間だった。中央にソファがあり、背の低いサイドボードや飾り棚などが配され、全体が淡いグリーンとベージュで統一されている。

理久たちはさまざまなホテルや別荘、コテージ、そしてマンションや邸宅などをバーチャルで知っているが、この部屋は趣味のいい高級マンションの一室、という感じだ。

そして……

そのソファに、一人の男が座っていた。

品のいいしゃれたシャツにスラックス、ネクタイや上着はなしのくつろいだ姿で、長い脚を組んでソファにゆったりと凭れている。

年の頃は二十台半ばから三十手前、という感じだろうか。

筋肉質のすらりとした長身であることが服の上からでも見て取れ、そしてその顔は——

「タカヒロさん⁉」

思わず、理久は声をあげた。

そうだ、あの人だ。

鼻筋の通った、男らしく整った顔立ちは見間違えようがない。

男は驚いたように眉をあげた。

「俺のことを知っているのか？」

驚きを含んだ、しかし穏やかで深みのある声だ。

顔立ちはすぐにわかったくらいに変わっていないが、あのときよりもさらに大人っぽくどこか老成した雰囲気さえただよわせ、一種の貫禄のようなものがある。

「あの、一度、友達が怪我をしたときに、うさぎ当番で代わったことがあって……」

そう説明しながらも、相手は自分を覚えていないだろう、覚えていなくて当然だと思ったのだが……

「あのときの！」

タカヒロの瞳が明るくなり、口元が綻(ほころ)んだ。

途端にその整った顔が、優しく親しみやすいものになる。

「当番でもないのに手伝ってくれたな。すっかり見違えてしまったが、そうか、言われてみれば確かに面影がある。あれから……十年くらいになるか」

覚えていてくれた！

たった一度、短い時間をともに過ごしただけの自分を！

嬉しくなって、胸が弾(はず)んでくる。

「あの、僕、り――」

名乗ろうとしたとき、タカヒロははっとしたように片手を挙げて理久の言葉を止めた。

「いや、名乗らなくていい」

そう言って、どこか複雑そうな、戸惑ったような顔になる。

「……どうしようかな、このレクチャーは、個人的な接点がない者同士のほうがいいはずなんだ。学院での在籍期間はほとんど被っていないし、当番などでも一緒になった記録がないから、今回は俺が選ばれたと思うんだが……」

その言葉に、理久は自分が何をしにここに来たのか、はっと思い出した。

オプション……性オプション。

つまりタカヒロが、理久に「それ」をレクチャーしてくれる相手なのだ。

考えてみれば、状況をよく知っていて、秘密の守れる人間……というのなら、学院の出身者がうってつけだ。

タカヒロも、今どういう立場にいるのかわからないが、理久のオプション教育のために選ばれ依頼された立場……ということなのだ。

どういうわけかじわりと頬が熱くなる。

「とはいっても、お前が知っているのは俺の、ここにいたころの名前だけだし、何か個人的な打ち明け話などがあったわけでもないし」

タカヒロは考え込むように呟き、理久を見つめた。

「どうする？　俺でいいか？　それとも日を改めて誰か他の者に代わってもらったほうがいいか？」

「え……ええと……」

それは、理久に決定権があることなのだろうか。

「知っている人だと、いけないいんですか……？」

タカヒロはわずかに首を傾げた。

「いけないというか、個人的に知っている間柄だとこういうレクチャーは気まずいかもしれないので、という配慮だと思う。実を言うと俺もこういう役割ははじめてで、今回打診が来てはじめて、卒業生にこういう依頼が来る場合があると知ったんだが」

知っている間柄だと気まずいかもしれない……これから行われることが。

理久が望めば、全く知らない人に交代してもらえる。

だが……

その場合は、タカヒロとは本当にこれっきり、また一生会えないかもしれない。

その事実がちくりと理久の胸を刺す。

学院で見かけなくなって残念だと思っていた人と、意外なかたちでこうして会えたのに。

「僕……僕は……」

理久は口ごもりながらも、言った。

「このまま、タカヒロさんに……」

「……そうだな」

タカヒロは頷いた。

「もう一度セッティングする段取りの時間も惜しいだろうし、お前がいいなら」

そう言って、タカヒロは、突っ立ったままだった理久に手招きをした。

「じゃあ、隣に」

その言葉はあえて事務的な口調を選んだように聞こえたが、空気のいろが変わったように感じ、理久の鼓動が速くなった。

それでも、なんとか足を前に出し、タカヒロの隣にちょこんと座る。

「緊張するな……といっても、無理か」

タカヒロの腕が伸びてきて、理久の肩を抱き寄せた。

身体の片側が、タカヒロの身体に密着する。

生徒同士でも、先生とだって、これくらいの接触は日常茶飯事のはずなのに、心臓がばくばくと音を立て始める。

「これからすることは、お前の中で、いい想い出になるようにするものなんだ」

静かな声音で、タカヒロは言った。

「お前のはじめての経験が、心に傷の残るような不愉快な想い出にならないように」

「……はい」

理久は頷いた。

基本的な性教育は受けているし、今回のオプションの前に、なぜあらかじめ同性との間で経験しておくべきなのかも説明されている。

どこかの寄宿学校などで育った育ちのいい箱入り息子として、女性との経験は必要ない。

だが同性愛者ではなくても同性との疑似体験はままあることで、それは経験していても不自然ではない。

そして……外の世界に出ると、同性からの誘惑は意外に多い。

上流社会の中にはそういう嗜好(しこう)が隠然と存在し、親族の中での結束を固めるためとか、重要な取引の条件として、そういう行為を求められることもままあるのが現実だ。

何も知らずにいきなりそういう経験をしてショックを受けるはめになるよりは、あらかじめ「心構え」をしておいたほうがいい。

そしてその「心構え」は、将来の、女性との経験の、心のリハーサルにもなる。

それがこの、オプション教育。

そして、タカヒロが相手なら不愉快な想い出になんかなるはずがない、とも思う。

偶然にも全く知らない相手ではなくて、以前に一度だけ話したことがあって、そして心の奥底にその存在が残っていた人が来てくれて、本当によかったと思う。

ただ……気恥ずかしい。

すると……

「じゃあ、そういうあらかじめされた説明は、一度全部忘れろ」

タカヒロが、笑みを含んだ声で言った。

「え」

思わず理久が顔を上げると、わずかに細めた目が、優しい光を帯びて理久を見つめていた。

「難しい理屈とか技術とか、そんなものは必要ない。俺だって別に、こういうことの専門家じゃないから、高等技術なんて知らない。俺はただお前に、他人と肌を重ねることは心地いいと、それだけ教えるのが役目だ。だから、何も考えなくていい、今はただただ、俺に任せろ……触っていいか」

そう言って、タカヒロはゆっくりと手を伸ばし、理久の手を取った。

両手で理久の手をやんわりと握る。

ただ……ただ手を握られ、触れられているだけなのに、理久の鼓動がどきんと跳ねた。

手が触れる、手を握る、握手をする……そんなことは日常の中で友人たちとの間にいくらでもあることのはずなのに、何かが違う。

そしてふいに、この手が自分の頭の上に置かれたときのことを思い出した。

温かくて、どきどきして……忘れられなかった、タカヒロの手。

その手が今、自分の手を握っている。

タカヒロの手にすべての神経が集中したかのように、その掌の大きさ、指の長さ、体温などを意識するのが止まらない。

「……お前の手は温かいな」

タカヒロは低くそう言って、親指の腹でそっと理久の手の甲を撫でた。

「……っ」

思わず、一瞬息を止める。

なんだろう、この……優しい触れ方は。優しいのだけれど、心が穏やかに静まるというのとは正反対に、どきどきして、頬が熱くなってくる。

タカヒロの目が自分の顔をじっと見つめているのがわかるが、なんだか恥ずかしくてタカヒロの顔を見ることができない。

するとタカヒロは、両手で包んでいた理久の手を、今度は片手で握り、そして持ち上げた。

腕相撲をするときのように手を組んでいるが、握り方はやんわりとしている。

そして、タカヒロはゆっくりと理久の手に顔を近寄せ……そして、指先に唇をつけた。

「っ」

甘酸っぱい電流のようなものが、指先から全身に走ったような気がして、息を呑む。

タカヒロはそのまま、理久の指一本一本に唇をつけ、それから手の甲、手首、そして肘の辺りまで順に唇をつけていく。

「あ、あの……」

逃げ出したいような気持ちになって身じろぎすると、

「いやか?」

タカヒロがそう言って顔を上げる。

理久は戸惑って首を横に振る。

「ちが……ただ……なんだか、落ち着かなくて……」

「落ち着かなくていい」

タカヒロの唇の端があがって、軽い笑みを作る。

そして理久の手を握っているのとは反対の手で、そっと理久の頬を包んだ。

「……人の体温は心地いいだろう?」

確かに、タカヒロの掌に頬をすっぽり包まれる感触は、心地よく、気持ちよく、嬉しい。

タカヒロは、今度は両手で理久の頬を包み、軽く仰向かせた。

「怖いとか、気持ち悪いとか、不愉快だとか……そう感じたら、言うんだ。それがお前の、他人に触れて欲しくない限界の場所だから」

低い声で言いながら、タカヒロはじわりとソファの上で座り直し、理久と身体を近づける。

理久の鼓動がまた速まる。

距離が縮まると、完全に大人の男であるタカヒロの、広い胸がすぐそこにあるのを意識してしまうが、怖いとか不愉快だとか、そんなことはまるで感じない。

もった。

「大丈夫そうだな」

タカヒロも探り探りなのだろうが、理久が拒否感を示していないと悟って、声に笑みが籠もった。

「じゃあ……」

少し身体を離し、顔を近寄せ、理久の瞳を覗き込む。

わずかに細めた目の中に、なんだか……まるで……理久を可愛いと、いとおしいと思うかのような優しさが籠もっていて、胸がきゅっと締め付けられたようになる。

そのままさらにゆっくりと顔が近付き、理久は自然に瞼を伏せた。

唇に、温かなものが触れる。

キス。それは知っている……「知識」として……でも、想像と違う、想像をはるかに超える、甘酸っぱい幸福感。

ファーストキスなんていうものに、それほど意味があるとは思っていなかったはずだけれど、その相手がタカヒロで、こんなに優しいキスだということが、嬉しい。

何度かついばむように唇を重ね、それから唇の合わせ目を舌で軽くなぞられて、思わず開いたそこに、タカヒロの舌がゆっくりと入ってくる。

唇の裏側を優しくくすぐった舌が、歯列を乗り越えて奥へと進み、理久の舌をからめ捕る。

「んっ……っ」

鼻から、甘い声が抜けた。

唾液の甘さや、はじめて自分の「内側」で感じる他人の体温の優しさが、肉の感触の生々しさを押しやる。

理久もおずおずとタカヒロの舌を舐め返し、そんなことをしている自分が恥ずかしいという思いと、もっとちゃんと応えたいという気持ちがまぜこぜになる。

唇を重ねたまま、タカヒロの手が理久のシャツの裾を捲り、忍び込んできた。

いやならいやだと示すことができる余地を残すゆっくりとした動き。

その掌の厚さを素肌に感じた瞬間、理久はびくりと身を震わせたが、それは嫌悪感などではなかった。

タカヒロの手……指の長い大きな手、その一本一本の指の太さとか、関節とか、そんなものまで自分の皮膚で感じ取れるような気がする。

肋骨を数えるように脇腹を撫で上げてきた手が、背中を、そして胸を、優しく撫でる。

指の腹が乳首をかすり、電流が流れるような感覚が全身を走った。

「んっ、あっ……っ」

唇が離れ、飲み込む間もなく声が出た。

「ここ」

低くタカヒロが言った。

「感じていいんだ、ここは。恥ずかしくなんてない」

そうは言われても、恥ずかしいと思うのを止めることはできないが、これが快感の芽のようなもので、感じてもいい、感じて当然なのだということはわかる。

タカヒロの手がシャツをさらに捲り上げ、素肌に口付けた。

滑らかな肌を確かめるように、口付け、軽く吸いながら移動する。

その先には……乳首がある、と意識しただけで、腰の奥がずきんと甘く痛んだ。

そして、ちゅ、と軽く乳首の先端を吸われた瞬間、

「あ……っ」

より大きな、自分でも驚くような甘い声があがり、慌てて両手で口を押さえる。

タカヒロは構わず、唾液を纏った舌で小さな両の乳首を交互に舐めくるむように愛撫し、その間に掌で、さらに理久の肌を探る。

腰骨のあたりを撫でられると全身がざわざわとむずがゆいような感じがして、思わず身じろぎする。

弄られている乳首は次第に敏感になって、尖らせた舌先でくすぐられるとじんじんと疼いて、痛いのか気持ちいいのかわからなくなってくる。

「ここ」

タカヒロが、理久の胸から顔をあげた。

「お前のここは、こんなふうになるんだな」

「え」

思わず自分の胸を見て、理久は真っ赤になった。

普段はあるのかないのかわからないようなささやかな乳首が、赤くぷっくりと膨らんでいる。

「や……これ……変、なんですか……？」

思わず尋くと、タカヒロがふっと笑った。

「変じゃない、人の身体はそれぞれ違う。お前の乳首は敏感で、舐められるとこんなふうに可愛くなる、ということだけ知っていればいいんだ」

可愛い……可愛いと、タカヒロが思うのなら、おかしなことではないし、間違ってもいないのだ。

「それに」

タカヒロの手が、理久の胸から腹にかけてを、人差し指でつつっと撫で下ろした。

「ここもちゃんと、反応している」

「あ……！」

指先が、ズボンの上から性器に触れ、理久はぎょっとした。

いつの間にか、そこは熱を持って体積を増している。

反射的に逃げかけた腰を、タカヒロの腕が抱き寄せた。

「いやならいやだとはっきり意思表示しろ。そうでないなら、いやじゃないんだと思うぞ」

いやじゃ……ない。

それははっきりしている。ただ、ただその……恥ずかしいのだ。

だがそもそもそれなら、この行為全体が恥ずかしいのであって、わざわざ理久はその「恥ずかしい」ことを教えられているのだ。

黙っている理久の、ズボンの前をタカヒロが開けた。

下着の上から、膨らみかけたものを掌で覆うようにして確かめ、それからやわやわと揉むような動きになる。

「んっ……、っ」

その焦らすような動きがもどかしく、もじもじと腰が動く。

「……心の中ではいやだと思っても、触れられれば反応するのが、男の身体だ。だが気持ちも伴っていれば、より快感は強い……のだろう、おそらく」

タカヒロが苦笑するように言いながら、下着も下げて、直接理久のそこを握り込んだ。

上下にゆっくりと扱き、先端から滲み出した透明の液体を指の腹で塗り広げ、ささやかに張り出した部分をくすぐる。

自分でするのとはまるで違う……動きの想像がつかないし、掌の温度を、指の長さを、握る強さを、意識すればするほど、昂ぶっていく。

息が浅くなり、全身が火照って、じわりと汗が滲み出すのがわかる。

「あ、あ……あっ、だめっ……」

あっけなく高みに連れて行かれ、理久は慌ててタカヒロの手を押さえた。

このままだとその手を汚してしまう。

だがタカヒロは、ぐっと理久の身体をさらに抱き寄せ、そのまま理久のものを扱き続けた。

我慢できない、
腰の奥から、背骨を駆け上がるように快感が走り抜け——

タカヒロの広い胸に、理久はぎゅっと額を押し付けた。

「んっ……、あ、あ、あっ……っ」

ぶわっと全身の毛穴から汗が噴き出すような気がして……同時に、自分のものが強く痙攣するのがわかる。

頭の中が一瞬真っ白になり……それからじんわりと、体温が下がっていくのがわかる。

タカヒロの片腕がしっかりと理久を抱き寄せ、そして抱き締めてくれる。

この、幸福感はなんだろう。

恥ずかしくて、申し訳なくて……それなのに、抱き寄せてくれる力強い腕や、受け止めてくれる広い胸に、ずっと包まれていたいような気持ちは。

まるで……そう……このまま甘えていたい、ような。

次第に呼吸が落ち着き、気持ちが静まってくると、タカヒロの手が傍らに伸びて何かを探っているのがわかり、理久ははっと我に返った。

「あ、あの、すみませ……っ」

慌ててタカヒロから身体を離すと、タカヒロは落ち着いた様子でソファの脇にあったタオルを取り、理久が放ったものが見えないように気遣う手つきで、自分の手を拭った。

「謝ることはない、こうしようと思ってしたんだから」

穏やかにタカヒロは言う。

理久は自分の股間に視線をやり、自分のものが濡れてくったりと芯を失っていくのが見えて、それが生々しくいたたまれない気持ちになった。

それでも……気持ちよかった、おそろしく。

他人と触れあい、他人の体温を感じながら、他人の手でいくというのは、自分でするのとは本当に違う。

なんだか新しい世界が目の前に開けてしまったような気持ちだ。

タカヒロがタオルで理久のものも拭い、そしてズボンの前を閉めてくれるのが、恥ずかしいのと同時になんだか甘酸っぱい感じもするのはなぜだろう。

「……よかったか？　感想は？」

タカヒロが理久の目を覗き込んで尋ね、理久は頷いた。

「は……い、気持ちよくて……なんだか幸せな気持ちで……」

「うん、それじゃ成功だ。気持ちがよくて、幸せ。それをお前に知って欲しかった」

タカヒロは頷き、そして理久からすっと身体を離した。

「じゃあこれで、終わりだ」

その声から甘い優しさが消え、どこか事務的なものになったのがわかり、理久は戸惑った。

「え……ええと、終わり、ですか……?」

まだ先があるような気がしていた。

「今は、ここまでだ」

タカヒロは頷く。

「もちろん、性行為というのはこれだけじゃない。相手が同性なら、お前の手で相手をいかせるとか、あとは……まあ、挿入というのもあるかもしれないが、それは今経験する必要はない。そしてお前が外の世界に出たら、異性との経験もいずれ必要になるだろうが……それも今は、頭の中で知っておくだけでいい」

その淡々とした口調は、理久の中の、甘酸っぱい余韻を完全に断ち切った。

そう……これはオプション教育であり、レクチャーだ。

さっと、自分の体温が下がっていくのがわかる。

タカヒロは真面目な顔で続けた。

「誰とどういう状況になっても、基本は同じだ。自分がされて、いいと思ったことを相手にしてやればいい。自分も相手も、ともに心と身体が満たされれば、それはいいセックスだったということだ」

外の世界で……まだ知らない誰かと。

異性との交際とか、結婚とか、そういうことはもちろん想定されることだ。

そして、同性からの誘惑も。

そういうことすべてに……全くなんの経験もないよりは、きっと少しは戸惑わずに対処できるはずで……それがこの体験の、目的だった。

「そして、これは俺の……ある意味余計なお世話かもしれないが」

タカヒロはちょっと躊躇ってから、理久の目を真っ直ぐに見つめた。

「覚えておいてほしい。お前の身体は、誰と触れ合っていようともお前自身のものだということ。こういうことは、心が通じ合っていれば幸福な行為だが、もし自分の意思ではない不本意な行為があったとしても、それで自分を責めたり、罪悪感を覚えたりする必要はない。忘れたい身体の記憶は心の中から消してしまって、心地よかった経験のことだけを記憶しておけば、心は傷つかない」

それは……外の世界で起きるかも知れないことへの、心構えだ。

「……はい」

理久が頷くと、タカヒロはソファから立ち上がった。

「よし、じゃあ、この部屋を出たら、俺のことは忘れろ」

「え……？」

意味がわからずタカヒロを見上げると、タカヒロは厳しさを含んだ瞳で理久を見つめる。

「今日の相手が俺であったということは忘れるんだ。はじめての相手というものを、心の中で特別な存在にする必要はない。好ましい相手との悪くない経験として今日のことを記憶して、相手のことは忘れるんだ、いいな」

そんなことができるだろうか。

だが、タカヒロの口調の真剣さから、そうしなくてはいけないのだとわかる。

わかるけれど……胸の底がちくりと痛むのはなぜだろう。

「……わかりました」

それでもなんとか理久がそう答えると、タカヒロは頷く。

「じゃあ、二度と会うことはないだろうが……元気で」

静かにそう言って、タカヒロは部屋を出て行き、理久はどこか呆然とその後ろ姿を見送った。

二度と会うことはない。

その言葉が、思いもかけず理久の胸にぐさりと刺さった。

いや……それは「絶対」ではない。「外」の世界で、学院の卒業生と遭遇する可能性は、もちろんある。

そしてそういう場合の心構えも教わっている。

それは……「初対面」だということを肝に銘じておく、ということだ。

学院での「彼」と「自分」という関係は、一度完全に消える。

もし次に会うことがあっても、初対面の、赤の他人なのだ。

つまり、学院にいた「タカヒロ」とは、もう永久に会えない。

それでも……理久にはひとつ、確かな想いがあった。

はじめての相手が、タカヒロでよかった。

タカヒロに教わって嬉しかった。

そして理久自身、今後もしそういう誘いがあったとしても、全く経験がないよりは冷静に対処できるような気がするし、それがこのオプションの目的だったのだと思う。

それでも、「タカヒロ」という人とは二度と会うことがないという事実は、学院からタカヒロが姿を消したとき以上に、理久の心の底の方に、寂しい失望感として残っていた。


「理久、なのね」

部屋に入ってきたその女性は、理久を見てぱっと顔を輝かせた。

その後ろから入ってきた男性は、少し緊張した面持ちだ。

学院の別棟の、特別な一室で待っていた理久の前に、とうとう「両親」が現れたのだ。

どんな人たちだろう、といろいろ想像していた。

あらかじめ渡された資料で、明治時代に名を成した実業家の家系で、華族の血も入っているとわかった。

母方は二代前に有名な政治家がいる。

家業は醸造系の複合企業で、基幹は調味料や食品だが、傘下に化粧品や薬品会社などもある。

しかし「宮部(みやべ)」というその家をもっとも有名にしているのは、都心に所有している美術館だ。

代々芸術に造詣(ぞうけい)が深く、特に明治以降に国内外から集めた美術品を一般に公開しているもので、所蔵品の数の多さ、質の高さでは国内の私設美術館の中でも群を抜き、頻繁に企画展などもあって海外からも見学に訪れる人が多い。

財界だけでなく芸術の世界にも繋がりがあり、文化保護の担い手として期待される側面も大きい。

そういう家だが……現在の当主夫妻に子どもがいない。

そして、親族の数も少なく、養子に迎えるような年頃の子どももいない。

そういう事情で、早くから学院と接触し、候補の子どもの選定を進めていたのだが、理久には明かされていない「諸事情」で決定が遅れたのだと聞いている。

ずいぶんと早くから、美術鑑賞などのオプションがあったのは、そういうことだったのだ……と理久もようやく納得したのだ。

それくらい前から、理久を望んでいてくれた人たち。

名前も「理久」のままでいいと言ってくれた。

たまたま「父」の名前に「理」の字が入っていたからだ。

そして……その「父」と「母」が、今、目の前にいる。

母になる人は四十過ぎだろうか、小柄で華奢（きゃしゃ）で、理久と似た、少し茶色味を帯びた髪を品良くシニヨンにまとめ、装飾は少ないが一目でオーダーメイドとわかる、上品なツーピースを着ている。

父になる人は四十代後半くらい、背はそれほど高くないがこれも仕立てのいいスーツを着こなし、髪には少し白いものが混じってはいるが、姿勢がよく体型も崩れていない。母になる人に比べると表情は少し硬い。

「あの……理久、です」

緊張で少し声が喉に引っかかるのを感じながら、理久は言った。

「よろしくお願い致します……」

「まあ、そんな、こちらこそ」

母が歩み寄り、両手で理久の手を取る。

温かい。

理久の目を覗き込む母の瞳は、髪の色と同じように少し色が淡く、長い睫毛が縁取る大きな目は、理久の視線と同じくらいの高さだ。

「大きくなって……私たちがはじめてあなたを見てから、もう六年くらいになるのかしら、やっとこうして、親子として対面できて嬉しいわ。仲良しの親子になりましょうね」

その声の優しさに、理久は緊張が解けていくのを感じていた。

どんな「家」であるかは聞いていたが、先入観がないほうがいいということで、両親については個人的な細かい情報は与えられず、写真も敢えて見せられていなかったのだ。

だが一目で、この人は好きになれる人だ、とわかった。

母は、まだドアのところに立っている夫を振り向いた。

「あなた、さあ、私たちの理久よ」

「うむ」

父が頷いて、大股で理久に歩み寄る。

「……そういうことだ、よろしく頼む」

ぎこちなくそう言って手を差し出したので、理久は母に握られていない方の手を、父に向かって差し出した。

その手は母よりは少し温度が低く、大きい。

やんわりと握ったその力の入れ具合に、理久は、相手が自分以上に緊張しているのだと気付いた。

表情が硬いのも、そのせいだろうか。

「この人は、口数が少なすぎるのよ」

母が苦笑する。

「書類の段階で真っ先に理久を見つけたのは、この人……お父さまなのよ。他の子ではだめだ、この子じゃなければ、って」

父の目元がわずかに赤らんだ。

「……小さい頃のお前と……よく似ていたから」

言い訳するように父が言うと、母が微笑(ほほえ)む。

「そうね、顔は私似。というより、亡くなった私の祖父の、子どもの頃の写真にとてもよく似ているの。でもこの、さらさらの髪の毛はあなたよ」

「……そうかな」

父はそう言って、ぎこちない視線で理久を見つめる。

照れているだけなのだ、と理久は思った。

「私たちは幼なじみなのだけれど、この人は子どもの頃からこんなふうなのよ。こんな口下手(くちべた)さんによくまあ企業のトップが務まると思うのだけど、支えてくれる人が大勢いるおかげね」

母がそう言って、また理久の顔をまじまじと見つめる。

「あなたのことをよく知りたいわ。好きな食べ物とか、得意なこととか、苦手なこととか……そしてあなたにも、私たちのことをよく知ってもらわなくては。私が自分の手元で育てられずに、ずっと田舎に預けていた子ですもの、お互いにゆっくり知り合いましょうね」

理久の胸がじんわりと温かくなった。

素敵な人だ……自分の「母」は。そしてもちろん、その母と仲の良さそうな父も。

田舎にずっと預けていた、という「設定」のことは聞かされている。

だが母の言葉を聞くとそれは「設定」ではなくて、本当のことのようだ。

引き取られる家庭によっては、自分が「設定」に合うように、親族などに怪しまれないように、かなりの演技や努力が必要になる場合もある……というより、その方が多いはずだ。

だが理久は、この人たちのもとでなら、自然に親子になれると感じた。

こうして理久は「宮部理久」となった。

「ここがあなたの家よ」

父の運転する車で連れてこられたのは、都内の閑静な住宅街にある豪邸だった。

板塀が巡らされ、その中には驚くほどの広大な敷地が囲い込まれている。

道路に面した大きなガレージの扉は車内からリモコンで開閉できるようになっていて、その脇に人が出入りする別な出入り口がある。

「ここは家族用の裏門。正門は向こう側にあるわ」

母が説明してくれる。

ガレージから屋根のある通路を通って玄関に出られるようになっていて、その玄関には、割烹着（かっぽうぎ）を着た白髪の女性と、白いエプロンをした中年の女性が立っていた。

「お帰りなさいませ」

二人が頭を下げて、理久たちを迎える。

「通いの家政婦さんたちよ。遠野（とおの）さんと北川（きたがわ）さん。これが息子の理久よ」

母に紹介され、理久は緊張した。

家政婦たちは事情を知らない。つまり理久ははじめて、「宮部理久」として他人の前に立つのだ。

「理久です、よろしくお願いします」

そう言って頭を下げると、遠野と紹介された白髪の女性が微笑んだ。

「はい、ようやくお会いできました。よそでお育ちのお坊ちゃまがようやく本宅にお戻りくださったということで、おめでたいことでございます。なんでもお申し付け下さいませね」

北川という女性も控えめで感じのいい笑みを浮かべ、

「よろしくお願い致します」

と頭を下げる。

「……さあ、中へ」

それまでほとんど声を出さなかった父が、理久の背中に軽く手を当てて促した。

家はモダンな和風建築で、玄関は格子の引き戸、広い三和土(たたき)は石敷だ。

「こちらが理久さまのスリッパでございますよ」

遠野が並べてくれた新品の青いスリッパを履いて家に上がると、小さな日本庭園になっている中庭沿いの廊下を歩き、絨毯(じゅうたん)敷きの居間に入る。

刺繍(ししゅう)のほどこされた布張りのソファや暖炉を模した飾り棚が配された、レトロモダンという雰囲気の、趣味のいいしつらえだ。

北川が日本茶と和菓子を運んできてテーブルに置くと、母を見た。

「では、私たちは、今日はこれで……?」

「ええ、あとはいいわ」

母が頷く。

「お夕食は食事室の方に、温めるだけにしてございます。明日の朝はいつも通り、遠野さんが九時に、私が十時に参ります」

「ええ、ありがとう、お疲れさま」

北川が出ていくと、母は理久に向かって微笑んだ。

「家に出入りするのは、あの人たちだけよ。学院で育ったことが知られないように家の中でも注意する必要があるかどうか尋かれたけれど、うちではそれは必要ないわ。家政婦さんたちがいないところでは自由に話をして大丈夫」

それも事前に予備知識として与えられた資料にあったことだが、理久は改めてそう聞いてほっとした。

詮索好きの住み込みの使用人とか、何かを疑っている親族とか、場合によっては盗聴器とか、そういうものを怖れないでいい家なのだ。

自分は本当に恵まれている、本当に幸せな身だと、改めて思う。

あれこれ家の中のことについて説明してから、母が立ち上がった。

「じゃあ私はちょっとキッチンに行きますね。三十分ほど、二人でいてね」

ちょっと悪戯(いたずら)っぽく言って、居間を出ていく。

理久は父と二人で残された。

父とはまだほとんど直接会話をしていなくて、理久は少し緊張する。

すると父が、ぼそりと言った。

「お前は……理久は、チェスか将棋はわかるか？」

「……はい、どちらもできます！」

理久が答えると、父は立ち上がり、チェストの上に飾られてあったチェス盤を持ってきた。

ガラスの盤に黒と白の石でできた駒が載った美しいものだ。

駒のひとつひとつが、植物的な不思議な装飾を施されている。飾っておくためのもののようでもあるが、実用的な大きさでもある。

「きれいですね……！」

思わず理久がそう言うと、

「クレールのデザインだ」

父が言って、意味ありげに理久を見る。

「クレールの……！」

二十世紀前半に活躍した、作品数は少ないが熱烈な愛好家がいる彫刻家だ。

理久も、図録などで見て気に入っているものがいくつもある。

「宮部美術館には、クレールの作品が揃っていますよね。クレールはこういうもののデザインもしたんですね……！」

理久が言うと、父は頷いた。

「うむ、商業デザイン的なものも、なかなか優れている」

そう言ってから、低い声で独り言のように付け加える。

「なるほど、本当にちゃんと勉強済みなんだな」

それではこれは、ちょっとした「テスト」だったのだろうか。

だとしたらちゃんと答えられてよかった、と理久はほっとした。

個別のオプションで、近代から現代の美術についてはずいぶん掘り下げた勉強をしたし、もちろん有名な宮部美術館の所蔵品はすべて頭に入っている。

そして一番大事なことは、理久がそういう美術品を「好き」と感じていることだ。

適性がないのに無理矢理詰め込むのではなく、好きだから、勉強するのも楽しいと感じたし、これからもいろいろな美術品について学びたいと思う。

宮部夫妻がずいぶん前から理久を候補に絞っていたのは、そういう適性も見てのことだったのだろうか。

改めて、理久のオプション教育は宮部夫妻の要望だった、ということを実感する。

この家にもっと前に引き取られたとしても、当然受けたはずの教育ばかりだ。

理久が自分の将来を不安に感じていた間も、ずっと宮部家の両親は、理久のことを気にかけてくれていたのだ。

そして……理久はふと考えた。

ということは、あの性オプションも、この両親の要望だったということになる。

父と母、どちらが希望したのだろうか。

母……ではないような気がする。では父だろうか。

どういうオプションなのか、詳細まで知っている、もしくは指示したのだろうか。

相手がどういう人間なのか、とかも。

浮かびかけたタカヒロの顔を、理久は慌てて振り払った。

タカヒロのことは考えてはいけない。あのオプションは、全く見知らぬ誰かからレクチャーされたことだ。

そしてオプションの内容のことも、今この場で思い出すようなことじゃない。

「じゃあ、やってみるか」

父が言ったので、理久はチェス盤に意識を集中した。

チェスを始めてみると、父という人が少しだけ見えたような気がした。

じっくり考えるタイプだが、結論が出れば迷いはない。一見こちらからは意図のわからない回り道もするが、結果としてそれは正しい。短気なところはなく、不利な状況に追い込まれればいさぎよく負けを認めつつ、その原因を冷静に分析する。

慎重で確実な経営者であり、同時にどこか孤独なところもあるのかもしれない、と理久は感じた。

父もどうやら対局の中で理久を観察していたらしく、母が「食事よ」と呼びに来ると、立ち上がりながらぽつりと言った。

「素直な手が多いな。賢いが、小ずるいところがないのは、いい」

褒めてくれた……理久という人間の基本的なところを気に入ってくれたのだ、と理久は嬉しくなった。

母は、家事をすべて使用人任せにするタイプではなく、キッチンに立つことも好きで、できる限り家族の食事は自分で用意する人だとわかった。

今日は家政婦たちが食事の用意を八割方して帰ったのだが、それでも最後の仕上げと盛り付けは自分でしたいようだ。

必要な社交はもちろんするが、基本的には家庭的な人なのだとわかる。

「家族」だけのはじめての食事は、母と理久の会話に時折父が口を挟むという感じでなごやかに終わった。主に、他人に対しての「口裏合わせ」的な話題だが、それが陰謀めいた雰囲気にはならず、本当に離れて暮らしていた家族がちょっとしたことを確認しあうだけのように感じるのは、ほんわりと優しい母の人柄のせいなのだろう。

やがて母は、理久を部屋に案内してくれた。

短い渡り廊下の先の別棟で、勉強部屋と寝室があり、専用のトイレと洗面所もついている。

「そのうち、お友達が泊まりに来るようになったりしても、ここなら気兼ねなく騒いでいいのよ」

母は微笑む。

部屋の中には理久の年齢の少年が必要としそうなものは一通り揃っており、クローゼットの中は半分くらい埋まっている。

「服はこれから一緒に買いに行きましょう。それも、とても楽しみだったのよ」

母はそう言って、

「じゃあ、ゆっくりおやすみなさい」

と、部屋を出て行った。

ベッドに横になると、理久は今日一日のことを頭から振り返った。

両親と交わした会話のすべてを頭の中で反芻し、覚えていなくてはいけないことをしっかりと自分の中に叩き込む。

しかしそれは、大変な作業ではない。

この家に、驚くほどすんなり溶け込めるような気がする。

幼い頃からずっと、パズルのピースがはまるように自分がぴったりはまる場所を夢見続けてきた、それがまさにここなのだ。

自分を選び、見守り続けてくれた両親の期待に応えられる自分でありたい。

そう感じながら、理久は驚くほど穏やかな眠りの中に落ちていった。

あらかじめ言われていた時間に理久がキッチンを覗くと、大きな大理石の作業台の周囲で、母を含む五人ほどの女性が作業をしていた。

料理が趣味である母が、月に二回ほど知人を集めてしゃれた料理とテーブルセッティングを楽しむサロン的な「ランチ会」をしているのだ。

それは、父の事業に関わる社交の一端でもあるらしく、今日も著名な書家や政治家の夫人などが含まれている。

「あら、理久」

母が自然な声音で、理久に目を向けた。

「どうしたの？」

「いい匂いがしたから……」

あらかじめ打ち合わせておいた通りの言葉ではあるが、気恥ずかしいのは本当で、理久は一斉にこちらを見た客に、控えめに頭を下げる。

「まあ、もしかして息子さん？」

一人の女性が声をあげる。

「ええ、長男の理久ですの」

「理久です。母がいつもお世話になっております」

理久はそう言って、改めてきちんと頭を下げた。

「まあ、利発そうな息子さん」

「お母さま似だこと！」

「ずっと、田舎にいらしたんですって？」

理久のことはある程度噂になっていたのだろう、女性たちが口々に言って理久を見る。

「喘息があったので、昔の私のばあやのところに預けていたんですけど、もうすっかり丈夫になったので」

母が微笑む。

「ばあやさん！　まあ！」

「美津子さまは、生粋のお姫さまでいらっしゃるから」

「いえ、そんな」

母ははにかんで首を振り、また理久を見る。

「理久、サーモンのパイはちゃんとあなたのぶんもあるから大丈夫よ」

「よかった」

サーモンのパイが好物なのは本当だ。

「じゃあ、失礼します、お邪魔しました」

理久がもう一度ぺこりと頭を下げてキッチンに背を向けると、女性たちが一斉に母に尋ねているのが聞こえた。

「高校生ですの？」

「これまでお寂しかったでしょう」

「ばあやさんというのは、どちらに？」

興味津々の質問は、母がうまくかわすことだろう。

こうやって母の集まりに顔を出すのも三度目で、理久の存在はゆっくりとまず女性たちの口から広がり、そして受け入れられていくはずだ。

理久を候補にしてから、両親は「後継者」のことを他人から尋ねられると「息子がいますが、ちょっと手元を離れているので」と、ぼかしたかわしかたをしてきた。

決めかねている間に理久が他の家庭に決まってしまっても、なんとでもごまかせるような言い方だ。

そして理久が今回両親のもとに「戻った」ことで、興味を持った誰かがネットなどで調べてみようと思っても、ＳＮＳなどに理久の痕跡(こんせき)はない。

それは、学院が慎重に気を配っている「瑕(きず)のない経歴」の重要な一部分だ。

理久は学院で高校卒業認定資格を取っており、大学に入るまでの数ヶ月、こうしてじわじわと存在を周知させていくことになっている。

下手にどこかの高校に編入するよりも、そのほうが余計な気遣いなく一から友人関係も築けるだろうという配慮でもある。

慎重に慎重に理久は宮部家の子どもとなっていく。

だがすでに理久は、まるで自分が、本当に離れたところで育ったこの家の本当の子どものような気がしていて、そういう気持ちになれるということは本当に恵まれているのだと、自分は幸せなのだと、改めて思っていた。


宮部家に来て二ヶ月ほど経ったある日、父がはじめて、理久を連れ出した。

経済界の懇親会のようなものがあり、その二次会のパーティーが、さりげなく次世代同士を顔見知りにしておくことを目的のひとつにしているらしい。

父と二人きりになるのははじめてなので、理久は緊張した。

母にはかなり馴染んで、遠慮はあるにしても日常の会話も普通に交わせるようになってきたが、父とはどうしてもまだ距離感がある。

それでも、厳しい父と思春期の息子にありがちな距離感だと思えば、不自然に思われるほどではないのだろう。

社用の車で都心の高級ホテルに着くまでも、車の中でほとんど会話はなかった、運転手もほとんど無言だったので、要するに父という人は無口なのだろう。

車から降り立つと、理久は、物怖じして見えないよう、背筋を伸ばした。

誂えたグレーのスーツに、サーモンピンクのネクタイとポケットチーフという理久の姿は、線の細い理久の優しい印象を引き立てている。

父の方は、茶系の三つ揃いにグリーン系のネクタイで、威厳と同時に趣味と品の良さを際立たせている。

受付を済ませパーティールームに足を踏み入れると、大勢の男女がグラスを片手に語らっていて、こんなに大勢の人を見るのがはじめての理久は、一瞬呆然とした。

父は慣れた様子で部屋の中央まで足を踏み入れ、近寄ってきたボーイが持つトレイから、自分はワインを取り、理久がジュースを手に取るのを無言で確認する。

ひとくち飲むタイミングを見計らったかのように、すぐに一人の、父よりは少し年下に見える男性が歩み寄ってきた。

「宮部さん、ご無沙汰しております」

「や、今日ここでお会いできると思っていましたよ」

父は穏やかに、しかし愛想のいい笑みを浮かべ、理久の背中に手を当てる。

「理久、こちらは東雲硝子の桂川さん、先代からのお付き合いで、お世話になっている方だ。これは息子の理久です」

頭の中に、あらかじめ予習してあった宮部家とこの人物の関係をさっと思い浮かべ、理久は頭を下げた。

「はじめまして、お会いできて嬉しいです」

まだ十八歳になったばかり。大人びてできすぎた挨拶よりも、これくらいのほうが好感を持たれる、と……これも学院で教わったことだ。

相手は目尻を下げた。

「こちらこそ、お父さんにはお世話になっています。宮部さんのところに、こんなにしっかりした跡取りがおいでとは知らなかった」

「身体が弱くて、ずっと田舎で育ったのでね。だがもう大丈夫なので、こちらで進学させるつもりです」

「それはおめでたいことです。大学では経営を？」

理久に向かって尋ねたので、理久は父を見上げてから答えた。

「そのつもりです」

「では将来の、宮部グループトップというわけですな」

「いえ……まだそんな、僕にその能力があればですけど……」

遠慮がちに理久が言うと、父が言葉を添えた。

「この子は美術方面にも興味があるのでね、美術館を任せてもいいのかなと思っているんですよ。どちらにしても経営を学んでおけば間違いはないと思うので」

相手は頷いた。

「それはいい。事業は誰かに任せることができるが、宮部家の真髄（しんずい）はあの美術館ですからね、むしろ頼もしい。自分でも何か創作を？」

「いいえ、そういう才能は……鑑賞するのが好きなだけです」

理久がはにかんで答えたとき、別の誰かが父に声をかけた。

「宮部さん、やあ、こちらが噂の息子さん？」

「ああ、これは」

父が理久を紹介し、二、三言葉を交わすと別な人物が声をかけてくる。

中には息子連れの人もいて、互いに自己紹介を交わす。

紹介された人については、しっかりと頭の中で整理する。初対面の人を覚える訓練は学院のカリキュラムに含まれていて、理久はそれがかなり得意な方だ。

そんなことを繰り返していると、やがて一人の人物が父に「こんな席で申し訳ないのですが」と小声で耳打ちし、父は理久を見た。

「理久、私はちょっと別室でこの方と話をしてくる。一人で大丈夫だね？」

さまざまな意味が込められた「大丈夫」に対し、理久は頷いた。

「はい」

これも、必要な試練だ。

「利発そうな息子さんだ」

相手はそう言いながら、父と一緒に遠ざかっていく。

理久は緊張を解こうと一度ゆっくり深呼吸し、改めて部屋を見回した。

この部屋に、日本の経済を動かしている人々が集っている。

女性ももちろんいるが、やはり男性が多い。

やはりまだまだ「跡取りは血縁の男」と思っている家がかなり多いのがわかる。

それなのに少子化などで「跡取りの男子」が減っているから、そういう必要に応えるために学院が存在するのだ。

この人々の中に——

あの人もいるのだろうか、と理久は考え、自分がタカヒロの顔を思い浮かべたことに気付いてはっとした。

タカヒロのことは、ふとした折に理久の心に浮かび上がってくる。

どうしてなのか自分でもよくわからない。

性オプションの相手をしてくれたことは確かに強烈な印象を理久に残したが、あれは「タカヒロ」という個人として考えてはいけないのだとわかっている。

そして理久の脳裏に浮かぶのは、あのときのタカヒロのあれこれというよりは、最初にうさぎ当番で会ったときの笑顔のことが多いのだ。

自分に自信がなかった理久に「そのままのお前を望んでくれる人がいる」と希望を与えてくれた人。

その言葉どおりになったと知ったら、タカヒロは喜んでくれるだろうか。

そのタカヒロと学院の外で会う……ということももちろん、可能性としてはある。

そもそもこの集まりの中で、学院出身者が他にいないとは思えない。学年が近ければ近いほど見知った顔も多いわけで、実際理久は先ほどから、「もしかしたら」という顔を二人ほど見かけてはいる。

だが「外に出たら他人、見知らぬ者同士」であることは、叩き込まれている。

無意識にとはいえ、タカヒロに似た人を目で探している場合ではない。

それよりも、こういう席で人々がどういう振る舞いをしているか、それをちゃんと見て、学ばなくては。

そう思って、少し壁の方に寄ろうと身体の向きを変えて一歩踏み出しかけたとき、どん、と誰かにぶつかった。

チャコールグレーのスーツの胸のあたりに、思い切り顔を突っ込んだかたちだ。

「あ、す、すみません！」

「失礼」

理久の声と同時に相手もそう言って、理久は慌てて顔を上げ——

相手の顔を見て、はっとした。

きちんと撫でつけた、前髪だけが額に少しかかった髪。理知的な額に、鼻筋の通った、男らしく整った顔。

三十にはなっていないと思えるが、その年齢以上に、瞳の中に老成したものが見える。

――タカヒロ。

タカヒロだ。

あのオプション教育はほんの半年ほど前のことで、見間違えるはずはない。

理久は思わずあげそうになった声を慌てて飲み込んだ。

相手も、一瞬驚いたように眉を上げたが、すぐに抑えた冷静な表情になる。

一瞬の間があり……理久は、何か言わなくてはと思った。

自分が手にしているグラスが目に入る。

「……す、すみません、あの、ジュースがかかりませんでしたか」

タカヒロのスーツの、胸のあたりに視線をやる。

幸い、スーツにかかってはいなかった。

心臓は、本当にこんな場所でタカヒロに会えた驚きと喜びに、ばくばくと音を立てている。

「いや、大丈夫だ。こちらこそ、申し訳ない」

タカヒロは落ち着いた声で言った。

動揺はかけらもなく、理久を見覚えているようなそぶりはまるでない。

スーツがよく似合う、大人の男としての堂々とした姿は、この会場でもひときわ目立つような気がする。

「……あ、あの」

理久は迷った。

自己紹介をしてもいいのだろうか。理久のように父親に連れてこられた立場で、紹介されてもいないのに勝手にそんなことをしてもいいのだろうか。

だが、このまま「では」とすれ違いたくない。

今、タカヒロがどういう立場にいる人なのか、知りたい。

思い切って、名乗ろうとしたとき。

「理久」

背後から父の声がして、理久ははっと振り向いた。

父が、人々を躱すようにして、大股で歩み寄ってくる。

「どうかしたのか？」

「あ、いえ、あの、この方とぶつかってしまって」

理久が慌てて言うと、父はタカヒロに視線を向け、慇懃な笑顔になった。

「それは、息子が失礼しました。失礼だが、ＳＨＩＺグループの、若社長では？」

タカヒロは頷いた。

「そうです。宮部産業の宮部社長とお見受けしますが」

「ご存知とは、光栄ですな。お近づきになりたいと思っていたのです」

二人は理久の前で、名刺を交換する。

「そして、粗相をいたしましたこれが、息子の理久です」

父は理久の背中に手を当てて、斜め後ろに下がっていた理久を、自分と並ぶように一歩前に押し出す。

「粗相などと。こちらもよそ見をしていたので」

タカヒロの唇の端が、笑みを作るように上がったが、瞳は笑っていないのがわかる。

「お父上はご健勝ですか。私よりも一回りほど上とはいえ、まだじゅうぶん現役の年齢なのに、今年に入って息子さんに代替わりしたと伺って驚いていました」

父の言葉に、タカヒロは軽く首を振る。

「痛み入ります。父はちょっと、身体を悪くしまして、早めの引退を決めました。私が見習いのまま年を重ねるよりは、早めに譲って背後から睨みをきかせるつもりのようです」

「いやいや、息子さんは大変優秀で、いつすべてを任せても安心だという噂は耳にしておりました。確か大学は私の後輩にあたるということで、息子も同じ大学に通わせようと思っておりますので、今度は息子が後輩になりますな」

父はそう言って、理久とタカヒロに、交互に視線を向ける。

「理久、こちらはお前が目標とすべき方だよ。こうしてお近づきになれたのだから、可愛がっていただきなさい。志津原さん、息子はまだ若輩者ですが、なるべくこういう席にも顔をださせようと思っています。どうぞお引き立て下さい」

社交辞令としてはやり過ぎなくらいにタカヒロを褒める父の言葉に、理久は驚きながらも嬉しくなった。

タカヒロは、優れた資質を持った若い経営者としての立場をしっかりと固めているのだ。

しかしタカヒロは、そんな父の言葉ににこりともするわけではなく、

「私でお役に立てることなら、喜んで」

淡々と答える。

その顔や声音からは……それはただの社交辞令とも思える。

そのとき誰かがタカヒロに声をかけ、タカヒロは「失礼」と会釈して理久に背を向けた。

理久は、まだ信じられないような思いで、その背中を見つめた。

志津原……というのが、タカヒロの今の名字なのだ。

そして、ちゃんと父から紹介された「知り合い」……「顔見知り」程度かも知れないが、とにかくそういう関係になれたのだ。

「理久」

低い声で呼ばれ、理久は父を見上げた。

父は満足そうな笑みを浮かべている。

「上出来だ。まさか今日この席であの男と近付きになれるとは思わなかった。よくやった」

褒めてもらえた……！

とはいえ、理久がしたことは、彼とぶつかってしまったというだけのことなのだが。

父がこんなふうに満足げに理久を見てくれたのははじめてかもしれない。

父が何か、事業の関係でタカヒロと繋がりを作りたければ、いくらでもルートはあるはずだが、こういう場所でそれとなく近付きになりたい、というような意図があったのだろうか。

何か……たとえば、家同士で近付きになりたい、というような。

だとしたら、意図したことではないとはいえ、理久がタカヒロとぶつかったことで、自己紹介のチャンスが生まれたわけで、自分は思いがけず父の役に立てたのだ。

そして、これからもタカヒロに会える機会があるかもしれない。

外の世界で、一からあの人と知り合いになれる。

理久は、自分の「外」での生活は、本当に順調に滑り出したのがわかって嬉しかった。

家に帰ると、母が夜食を用意して待っていてくれた。

父は日本酒で晩酌をはじめ、理久に、酌をするよう促す。

「こういうことも、いずれ酒席では必要になるからな」

「はい」

理久は両手で萩焼の徳利を持って、父の猪口に注いだ。

「それで、今日の首尾はいかがでした？」

母が尋ねる。

「物怖じせずに、ちゃんと振る舞っていた。これなら、あちこち連れ歩いても大丈夫そうだ」

父はそう言って、今日受け取った名刺の束を理久に渡す。

「名前と顔を覚えるのは得意だと言っていたね？　自分の中で今日会った人たちを整理して、ネットなどでも一応調べてみなさい。もっとも、ネット上の情報はあくまでも参考だ。自分の目と耳で直接得た情報が一番大事だし、ゆくゆくは、自分の目や耳の代わりとなる、信頼できる人材を確保することも重要になる」

「あなた、今からそんな難しいことを」

母がそう言うと、父は厳しい表情になった。

「理久は私の後継者だ。今からそういう心構えは必要だ」

父が言うことはもっともだ。

理久は名刺の束をめくり、タカヒロの名刺を見つけた。

志津原貴志。

そうか、タカヒロは今、貴志という名前なのだ。

SHIZグループの若社長と、父は言っていた。後継者候補として、今の理久と同い年くらいで学院から引き取られ、早くもトップに立っているのだ。

「——志津原氏か」

理久が見ている名刺をちらりと見て、父がさりげなく言った。

「え」

理久にお茶を淹れてくれていた母の手が、一瞬止まる。

「今日、お会いになりましたの……?」

「息子さんとだ」

父は、母の顔をちらりと見る。

「立派な息子さんだ、顔は父親に似ていないが、母親似なのかな。母親という人間を、お前は知っているのか?」

母が一瞬躊躇いを見せた。

「……いえ、あいにくと」

「ご婦人方の情報網は、こういうときに役に立つと思ったんだが」

父の声にわずかな皮肉が混じったように感じ、理久ははっとした。

母は穏やかな笑みを浮かべたままだ。

皮肉交じりに聞こえたのは気のせいだったのだろうか。

父は理久を見て、言葉を続ける。

「理久は、あの志津原の息子をどう思った？」

理久は一瞬考えた。

タカヒロ……ではない、志津原とは今日が初対面、「タカヒロ」の印象は捨てて、まっさらな感想を言わなくては。

「え、あの……堂々とした、立派な方でした。まだお若いのに経営者なんて、きっと優秀な方なんですね」

「そのようだな。お前もぜひ見習ってくれ」

「はい」

会話は普通に流れていったが、理久は、志津原の名が出たときの母の一瞬の躊躇いと、父の皮肉に聞こえた口調が印象に残り、そして気のせいかもしれないこの印象は、どうしてか覚えておかなくてはいけない、と感じた。


「理久、スポーツクラブにでも行ってみないか」

父がそんなことを言い出したのは、数日後のことだった。

「大学がはじまるまでまだ間がある、家で自主的な勉強をしているだけでは身体がなまるだろう」

理久にとっては嬉しい言葉だ。

高卒資格は取ってあるし、大学も父の母校に推薦で行けることになっているので、予備校などに通う必要もない。

それでも頭を働かせておくために自分で勉強はしていたのだが、身体を動かすような時間は、やはり少ない。

父はそれを心配してくれているのだ。

「はい、ぜひ」

「あら、それなら白原(しらはら)のテニスクラブかしら、名嘉(なか)の乗馬クラブもいいわね、名嘉なら私が車で送り迎えをしますよ」

母がいそいそと口を出したが、父が首を振った。

「いや、それよりもＴＯＫＩのクラブがいいだろう」

「ああ……」

母は何か合点したように、黙った。

こういう会話の流れも、理久は少しずつ理解しはじめている。

父と母の、力関係のようなもの。

家の中のことは母が自由に采配(さいはい)を振り、父は細かいことはすべて母に任せて口は出さない。

だが、決定権は常に父にある。

理久をどういうタイミングでどこに連れだし、誰に紹介するか。進学をどうするか。理久の将来のこと。こういうことはすべて、父に決定権がある。

そういうことに対し、母は決して異を唱えない。

不満げな顔もしない。

ただ、穏やかな表情のまま、口をつぐむだけだ。

最初の印象の「なんでも言い合える穏やかで明るい家庭」という雰囲気とは少し違うのかもしれない、と理久は感じはじめていた。

その雰囲気は母が醸し出そうとしているものだが、父はそれを必要とはしていない……そんなふうにも思える。

「クラブは、政界財界のメンバーが多いところだ。私が会員になっているから、家族会員になれる」

父が言葉を続ける。

つまりこれも、後継者としての修業の一部なのだ。

運動不足というのはある意味口実で、今は時間があるのだから、クラブで身体を動かしがてら人脈を作れ、という。

それも、父の介添えなしで、自分だけで。

もちろん緊張するが、父の期待に沿えるように、失望させないように頑張らなくては。

「わかりました」

そういうすべてを含んで理久がそう答えると、父にもそれが伝わったらしく、満足そうに頷いた。

父は典型的な、厳格な仕事人間の経営者。

母は家庭的で、仕事に口を挟まない専業主婦。

そして理久は父の後継者となるべくこの家に来たのだから、理久に関する決定権はすべて父にある。

もっと小さいうちにこの家に来たのなら、母との家の中での関係が重要だっただろうが、十八歳にもなっているのだから、いわば就職と同じだ。

この年になっても、やはり多少とろいところと、運動よりは勉強が得意なところは変わらないし、頑張って克服したとはいえ、もともと人見知りもするほうだ。

一人でそういうスポーツクラブに入ることに不安がないわけではないが、それが「仕事」なのだと思えば頑張れる。

頑張らなくては。

理久は自分の心を奮い立たせた。

スポーツクラブは都心の高層ビルの中にあり、入会には会員の紹介が必要で、名門のゴルフクラブとも連携している格式の高い場所だった。

父に連れられてそこへ行き、学院を出るときに用意された健康診断書を提出し、十五分ほど形式的な体力測定をしてその日は終わりだ。

その日のうちにインストラクターが理久のためのメニューをメールで送ってくれるので、それを見てスケジュールを自分で組む、ということらしい。

見学したジムには、見たところ三十歳以下の会員はいないように見えて、理久は自分が浮かないか少し不安になる。

「私は社に行くまで少し時間がある、どこかでお茶でもしよう」

父が言ったが、それも別に理久と「お茶を飲んで談笑したい」というわけではなく、何か意図があるのだろうと、理久にはわかった。

クラブに併設のラウンジを見渡し「今日は別な場所に行こう」と踵(きびす)を返したところを見ると、理久を会わせたい誰かが見当たらなかったのだろう。

すぐ側にある高級ホテルで、ロビーのティールームに入る。

「ケーキでもどうだ」

父の言葉が、「ケーキを食べなさい」という命令形に聞こえ、理久は言われるままにケーキセットを頼んだ。

父と一緒にホテルのティールームに座り、ケーキを食べている屈託のない息子、という図が必要なのかもしれない、と思い……理久ははっとした。

自分はいつの間にか、いちいち父の言外の意図を慮る（おもんぱか）ようになっている。

それは……仕方ない、そういうものだ、それが理久の立場だ。

だがやはり、父とこうして向かい合っていることは、居心地がいいとは言えない。

母がこの場にいれば……とも思うが、今のところ三人での外出はまだない。

「お前は、ゴルフはできるのか？」

注文したものがテーブルに並ぶと、父が尋ねた。

左右の席は空いていて、誰かに会話を聞かれる心配はなさそうだ。

「少し……ルールを知っている程度です」

ゴルフのオプション教育は受けていないから、基本的なことしかやっていない。

「お前の年ならまあ、それも不自然ではあるまい。大学生になったら少しそういう場所にも連れ出すから、練習しておきなさい」

「はい」

理久が頷いたとき……

「お」

父が理久の背後に目をやった。

「向こうにいるのは、志津原氏じゃないかな」

「え」

理久ははっとして振り返った。

かなり離れた、柱に半分くらい遮られて見える席に、一人の男性が座っていて、同席していたらしい別な男性が立ち上がり、席を離れたところだった。

確かに、彼だ。タカヒロ……ではなく、志津原。

理久は、タカヒロの新しい名前を心の中で呼び直した。

連れがいなくなり、志津原はもう少しここにいるつもりなのだろうか、コーヒーのカップを手にし、口元に近づけている。

その端然とした姿は、やはりひときわ目立つように感じる。

こんなところでまた、偶然にも彼に会えるなんて、と思ったとき……

「理久、お前、行って挨拶してきなさい」

父が思いがけないことを言った。

「え、あの、僕が……ですか」

「お前が、だ」

父が厳格な面持ちで頷く。

「これも必要なことだ。彼には先日もう近付きになっているのだから、軽く挨拶をしてくるんだ。こういう場所で見かけて、もし向こうもこちらに気付いていていたら、無視するのは失礼にあたる」

つまり……そうする「べき」なのだ。

しかし理久には、その「べき」が嬉しい。

緊張するが……タカヒロに、志津原に話しかけられるのだ。

「わかりました」

理久は立ち上がり、上着の裾を軽く引っ張ってから、一度ゆっくりと息をして、歩き出した。

志津原は胸ポケットからスマホを取り出して何か眺めていたが、理久があと数歩のところまで近付くと、その気配に気付いたように顔を上げた。

訝しげに眉が寄る。

誰だ、と……まるで本当に、理久の顔に全く見覚えがないかのように。

その表情に理久は一瞬怖じ気づいたが、ここまで来て挨拶をしないわけにはいかない。

「……志津原さん」

声が掠れ、一度咳払いする。

「先日お目にかかりました……ご記憶かどうかわかりませんが……宮部理久、です」

「……ああ」

志津原はいやいや思い出したかのように、頷いた。

「グレースホテルのパーティーで、宮部社長と」

「あ、は、はい」

理久は頷き、父の方を振り返った。

「今日も父と一緒で……志津原さんがいらっしゃるので、ご挨拶をと思って」

志津原は理久の視線の先に目をやり、こちらを見ていた父と、軽く頭を下げ合う。

それで？　というように志津原が理久を見る。

どうすればいいのだろう、父に言われたとおり、挨拶はした。

しかし志津原のほうは、会話を続ける気がなさそう……どころか、迷惑そうにさえ見える。

「あ、あの、ご挨拶だけ……お邪魔、しました」

しどろもどろに理久がなんとかそう言うと、志津原は頷いた。

ぺこりと頭を下げ、理久は急いで父の方に戻りながら、自分が情けなくなった。

もっと何かスマートな会話の糸口があったのかもしれない。

挨拶をしてこいと言われてただ挨拶をしたのでは、芸がなさ過ぎる。

せっかく、志津原に話しかける機会を貰ったのに。

だが志津原のとりつく島もない様子は、理久を怖じ気づかせるに充分だった。

迷惑だったのだ。

それは……彼が今、一人でいるところを邪魔されたから？

それとも、それが理久だったから？

理久だったからだとしたら……学院での顔見知りと、必要以上に近付きたくない、ということなのだろうか。

席に戻って座ると、父が理久を見つめる。

「どうした、ちゃんと挨拶はできたのか」

「あ……はい、でもあの、ご迷惑だったみたいで」

父が眉を寄せる。

「迷惑と言われたのか？」

「いえ、そう言われたわけじゃ……」

「なら、いいだろう。またこういう機会があったら、尻込みしないで積極的に挨拶することだ」

こういう機会というのは、志津原に限らずパーティーなどで顔見知りになった人と会ったら、ということなのだろうとは思うが……

「はい」

そう答えながらも、またどこかで偶然志津原に会ってしまったらどうすればいいのだろう、と理久は思い悩んだ。

通い始めてみると、意外にも理久はスポーツクラブが気に入った。

見知らぬ人ばかりの中で、ただ黙々と、ランニングマシーンやプールで身体を動かしていればいい。

どちらかというと体つきは華奢で筋肉がつきにくく、決してスポーツマンタイプではないし、敏捷性やとっさの判断を求められるチーム競技などは苦手意識があるが、それはあくまでも優秀な遺伝形質の生徒が集まった学院の中での話だ。

ただ単純に身体を動かしているのは楽しいし……そしてある意味「一人」になれる。

やはり家にいて、常に父や母の目があり、気を張って生活することは、かなりのプレッシャーなのだと理久にはわかった。

もちろんそういうこともすべて、学院で教えられている。

心をほぐすための、軽い瞑想のようなものも教わっている。

だがそれよりも、頭の中をからっぽにして走ったり泳いだりする時間があると、自分の中に溜まっているものを、掃除するような感覚がある。

クラブは大人が多く、理久が通う平日の昼間はあまり人がいない、ということもあるだろう。

それでも一、二度「もしかしたら宮部さんの」と声をかけられた。

あのパーティーで紹介された相手とすぐわかったので、相手の名前を言って、きちんと挨拶をした。

数日後に父から「ちゃんと挨拶できたらしいな」と言われたので、相手経由で父に伝わったのだとすぐわかった。

それくらいの対応なら、理久には苦にならない。

ここに通いはじめてよかった、と思い始めたある日のことだった。

理久がプール用の更衣室に足を踏み入れると、先客が一人いた。

ちょうど頭から半袖のスポーツウェアを脱いでいる最中で、まだ若い、しかし筋肉質の、逞(たくま)しいがごつすぎない美しい上半身が目に入る。

下半身は、黒いハーフ丈のスイミングパンツで、長い脚にも流れるような美しい筋肉が乗っている。

思わず一瞬見とれていると、先客は頭からウェアを引き抜き、乱れた髪を片手で掻(か)き上げながらふと理久の方を見た。

その顔を見て、理久は驚いて固まった。

——志津原だ。

志津原もこのクラブの会員だったということか。

どうしてこんな偶然が重なるのだろうか。

志津原も理久を見て一瞬驚いたように動きを止め、かすかに眉を寄せる。

「あ、あの」

理久は慌てて言った。

「僕、知らなくて……父が会員なので、この間から、ここに」

言いながら、失敗した、と思った。

ここは「またお会いしましたね」とかなんとか言って、当たり障りのない挨拶をするべきだったのに、どうしてこんなしどろもどろの言い訳めいたことを言ってしまったのだろう。

却って不自然だと思ったがもう遅い。

志津原は一瞬無言で理久を見たが、

「……よく会うな」

呟くようにただそう言って、ロッカーの扉を閉めると、タオル地のパーカーを羽織りスイミングキャップを摑んで、更衣室を出て行く。

彼もこれから泳ぐのだ。

どうしよう……理久もプールに行っていいのだろうか。

志津原のあとを追いかけているように見えそうで、今日はプールはやめようか、とも思うが……それも不自然なような気がする。

相手が志津原でなければ、学院で見知った他の生徒だったら、もっとちゃんと……「外」で出会った者同士として自然にふるまうことができると思うのに、どうして彼が相手だとこうぎくしゃくしてしまうのだろう。

そしてどうしてよりによって、こうも偶然が重なって彼と会ってしまうのだろう。

せめて、父が志津原と近付きになることを望んでいなければよかったのに。

そんなことを思いながらも、また顔を見られたことじたいは嬉しい気もするし、彼の引き締まった身体を思い出すと、なんだか頬が熱くなってくる。

おかしい。これは絶対に、自分がどこかおかしい。

思い悩み、これ以上志津原に近付く前に自分の気持ちを立て直したいと考え、理久はプールに入るのをやめようと思った。

開けたロッカーに入れたスイミング用品をまた取り出し、ロッカーを閉める。

そのとき更衣室の扉が開く気配がして、理久がはっと振り返ると一人の男が入ってきた。

「やあ」

相手は理久を見て、親しげな笑みを見せた。

恰幅(かっぷく)のいい中年の男だ。

ジムで何度か見かけたことがあるが、自己紹介などはしていない。

「最近よく見るね、学生さん？　あ、それとも平日の昼に来てるってことは……尋いちゃいけなかったかな」

親しげに話しかけてくる。

「あ……いえ……」

理久はどう答えようかと躊躇った。

知り合ってもいない相手に「大学に入るまでの猶予期間」を説明するのは難しい。

クラブの申込書には父が「学生」と記入していたのだが。

口ごもって明確に答えないことで、プライベートなことを話す意思はないと察してくれればいいのだが。

「これからプール？　僕もなんだよ」

男は構わず、理久の側まで来て、隣のロッカーを開ける。

苦手な距離感だ。

「最近の若い人は、小さい頃からスイミングとか行ってるから、上手(うま)いよね。僕は最近まで金槌(かなづち)でね」

そう言いながら理久をじっと見る。

「着替えないの？　恥ずかしいことはないよ、男同士なんだから」

そう言って自分はさっさと着ているものを脱ぎ、ぶよついた上半身を露(あら)わにする。

理久は躊躇った。

「僕は……今日はやめようかと……」

志津原とのことを考えてそう決めたのだが、男は大げさに目を丸くする。

「どうして？　だって、泳ぐつもりで来たんだろう？」

そう言うと……男の手が伸びてきて、理久の肩に回った。

びくりと身を竦ませたのには構わず、男は理久の顔を覗き込んでくる。

「恥ずかしいの？　大丈夫だよ、ウェアを着てても、きみが痩せ形のいい身体をしてるってことはわかってるから。僕はあんまり筋肉質の身体は苦手でね」

これは……これは……どういう状況だろう。

ただただ相手が、距離感のない変わった人間なのだろうか。

それとも何か、おかしな意図があるのだろうか。

過剰な反応はよくないような気もするし、そもそも相手の社会的立場がわからず、もしかしたら父を知っていて、だから親しげに話しかけてきたのかもしれないし……

理久が混乱して固まっていると、肩を抱き寄せた相手の手が、理久の鎖骨の辺りを撫でた。

鎖骨のくぼみを指先でなぞるようにして、理久が動けずにいると、今度は掌で胸を撫で下ろしてくる。

こんなふうに他人に触る人間がいるのだろうか。

気持ちが悪い。

そう思った瞬間――理久の頭の中に、ひとつの声が響いた。

『怖いとか、気持ち悪いとか、不愉快だとか……そう感じたら、言うんだ。それがお前の、他人に触れて欲しくない限界の場所だから』

タカヒロの言葉……あの、オプション教育のときの。

心が通じ合った相手とか、そういう行為を望む相手になら、触らせてもいい。

でもそうでない相手なら……

ここは限界の場所、触れてほしくない、触らせてはいけない場所だ。

「や……やめて下さい！」

理久は相手の胸に掌を突っ張った。

しかし相手の身体はびくともしない。

「恥ずかしがることはない、きみみたいに可愛い子が、一人でこんなクラブに来て……構ってくれる相手が欲しいんだろう？」

そう言って、理久の頬に顔を近寄せてくる。

相手の息を感じて理久はぞっとし、必死に相手の腕から逃れようとした。

「やめて下さい、離して！　離せ！」

そのとき――

「何をしている！」

鋭い声が更衣室の入り口から聞こえ、相手が驚いて力を緩めた隙に、理久はさっとその腕から逃れて飛びすさった。

いやな汗が背中に滲んでいる。

「おい、何をしていると尋いたんだ！」

声の主が、大股で歩み寄ってきて、男の腕をねじ上げる。

それは……志津原だった。

声を聞いた瞬間、理久にはわかった。

スイムウェアの上にパーカーを羽織ったままで、髪はまだ濡れていない。

プールに入る前に、戻ってきたのだ。

「な、何って……」

男がうろたえながらも、虚勢を張った声を出す。

「失礼じゃないか、きみには関係ない、放したまえ」

「いやがっている相手に無理矢理接近しているように見えたが」

志津原の声は氷のような響きだった。

「な……」

「このクラブでこんなことが起きるとは思わなかった。不愉快だ。どこの誰か知らないが、警察沙汰にされたくなければ、二度とこのクラブに足を踏み入れないことだな」

志津原は相手を睨みつけながらそう言って、突き放すように男の腕を放した。

勢いで、男がよろめく。

「わ、私だって、そ、それなりの社会的地位というものがある、若造にこんな侮辱を……」

「侮辱だと思うなら、ＳＨＩＺの志津原を訴えてくれてもいい」

「え」

男は絶句して志津原を見つめ……

それから舌打ちすると、ロッカーの中のものを片手でかっさらうようにして、大股で更衣室を出て行った。

志津原がそのまま踵を返そうとしたので、理久はこの機を逃したらだめだと思い、慌てて言った。

「あの！　ありがとうございました！」

「……いや」

志津原は躊躇うように理久を見る。

「なんとも……何も、なかったか」

「はい、おかげさまで……怖くて一瞬固まっちゃったんですけど、あの」

これを言ってもいいのだろうか。

でも言いたい。

更衣室の防犯カメラは、声も録音されるタイプなのだろうか。

とっさに理久は考え……

「前に……触られて不愉快なところは、限界の場所だって教わったので……抵抗、できました」

誰から教わったとは言わずに、なんとかそう言葉にする。

他人同士の接触と……自分が「触れられる部分を許し納得した上での接触」の境目を、あのときに志津原が……タカヒロが教えてくれた。

それが心の底にあったから、「この先は抵抗してもいい」と判断できたのだ。

志津原ははっとしたように見えた。

しかしそれはほんの一瞬で、まるで仮面をつけたように感情は消えてしまう。

「……そうか、それならよかった」

低く言うと、

「じゃあ」

そう言って更衣室を出て行こうとする。

「ま、待ってください」

理久は慌てて呼び止めた。

もう一つ……言わなくては。

「今、あの、志津原さん……が名乗ってしまって……あの人が志津原さんに、何か」

ＳＨＩＺの志津原を訴えてもいい、などと言ってしまい、自分のせいでもしあの男と志津原の間にトラブルが起きてしまったら、と思ったのだが。

「心配しなくていい」

志津原は静かに首を振った。

「あの男の身元は知っている。うちの系列会社の取引先だが、力関係で言えばうちのほうが上だ。それがわかっていたから強く出られただけだ」

あの男が、志津原が名乗ったのを聞いて絶句したのはそういうことだったのか。

だが、いわば理久のせいで、仕事とは関係ない場所で、力関係を誇示するような真似(まね)をさせてしまったのは申し訳ない。

「すみません……本当にありがとうございました」

「いや」

志津原は素っ気なく言って、これ以上会話をする気はない、というように向きを変えると、足早に更衣室を出て行った。

スイムウェアのまま……ということは、プールに戻るのだ。

その背中が、これ以上理久に関わるつもりはない、と言っているように見えた。

だとしたら……理久はプールには行かない方がいい。

志津原は、理久と関わりを持ちたくはないのだ。

だがそれでも、理久を助けてくれた。

正義感とか、義務感とか、そういうもので放っておけなかっただけだとしても、理久にはそれが嬉しい。

それにしても、志津原もこのクラブに通っていると思わなかった。

また……会えるだろうか。

志津原は理久が近付くことを望まないだろうが、遠くから姿を見かけることくらいは許されるだろうか。

心の中でそんなことを考えつつも、おそらく志津原のほうが、この先理久のいそうな時間帯を避けるだろうという気がした。


「理久」

夕食の席で、父が理久を見た。

接待などがない場合は、父はそれほど遅くならずに帰ってきて一緒に夕食を取る。

テーブルには、母が家政婦たちと作った、和食のメニューが並んでいる。

「食事が終わったら、ちょっと書斎に来なさい」

「はい」

理久は答えた。

なんだろう。

たいていのことは、食卓で、母もいる場所で話される。

父が決め、母が従うという方針はあるにしろ、理久に関することは両親が常に共有していると思っていたのだが。

母もそう思ったのだろうが、父の言い方が有無を言わさないものだったので、異を唱えることはしない。

「じゃあ、書斎にお茶を運びますか?」

何気ない調子で、父にそう尋ねる。

「そうだな……じゃあ、頼む」

父が頷く。

少し沈黙が続き、それを母が穏やかに破った。

「そういえば、そろそろ理久を美術館に連れて行ってもいいのかしら。今度、学生時代の友達を案内することになっているので、よかったらそのときにでも」

宮部家を象徴する美術館に、理久はまだ行っていない。

図録や映像などで所蔵物は知り尽くしているが、やはり実際に観るのとは違うだろう。

すぐにでも行けると思って楽しみにしていたのだが、両親はタイミングを見計らっているらしく、まだ機会がない。

「そうだな」

父は少し考えた。

「お前の友人と一緒よりは、もっと何かそれらしい口実があったほうがいいだろう。来月の企画展のオープニングセレモニーがいいな。あれは、私も出席するから」

「ああ、そうね」

母は頷いた。

「じゃあ理久、来月はやっと、美術館に連れて行けるわ」

「楽しみです」

理久は心から言った。

会社関係の人などにはそれとなく時折引き合わされているが、美術館に関わる人に会うのははじめてだ。

オプション教育の中でも、美術鑑賞は一番面白かった。

もし宮部家のオプションがなかったとしても、外の世界で立場が許すのなら、理久はきっと美術館巡りが趣味になっていただろうとさえ思う。

「じゃあ」

父はそう言って、立ち上がった。

母も立ち上がり、お茶の用意をするためにキッチンに向かう。

数分後には、理久は書斎で父と向かい合っていた。

書斎にははじめて入る。

壁一面、天井まである本棚には経済や世界情勢に関する本などがびっしりと並び、父が勉強家で努力家なのだということがわかる。

ゴルフの道具なども飾ってあるが、これは趣味というよりは、仕事の付き合いで必要なのだろう、という感じもする。

そういえばスポーツクラブも、会員ではあるが滅多に自分では通っていないようだ。

典型的な仕事人間、ということなのだろう。

その父と、大きなデスクを挟み向かい合って座ると、父はデスクの上で両手を組み、理久に尋ねた。

「クラブで何かあったのか?」

理久はぎくりとした。

今日のことが、もう父に伝わったのだろうか。

理久はクラブの人間には何も告げずに帰ってきたのだが……どうして?

嘘(うそ)をついたり隠したりする理由はないが、男の自分がセクハラを受けた、というのはなんとなく口にしにくい。

「……プールの更衣室で、ちょっと、変な人に」

「そういうことはすぐに報告しなさい」

父は厳しい顔で言った。

「クラブから謝罪の連絡があった。志津原が助けてくれたそうじゃないか」

理久は驚いて父の顔を見た。

「あ、はい、そうです」

「彼がフロントに告げて、クラブ側も防犯カメラを確認したそうだ。それを聞いてすぐ、志津原に礼をしようと思ったのだが、秘書を通じてしか連絡が取れなくてね」

志津原に礼……父の立場としては当然なのだろう。

「とりあえず礼の品は送るよう手配したが、お前、改めてきちんと連絡をして、お礼を言いなさい」

自分が直接……？

理久は戸惑った。

普通に考えれば、それは当たり前のことかもしれない。

だが志津原は、理久と近付きになることを望んでいないように見える。

自分から連絡するのは、迷惑なのではないだろうか。

「お前、志津原が嫌いなのか」

理久の戸惑いを、父は誤解したらしく、眉を寄せて尋ねた。

「いえ、違います！　あの人は本当に立派で……今日だって、僕のためにわざわざ名乗ったりして、本当に申し訳なくて……！」

「ふむ」

父は少し身体を引いて、椅子の背に凭（もた）れた。

「そもそも、自分にとっては赤の他人であるお前が男に少し身体を触られた程度のことで、あの男がわざわざことを荒立てたという行動もなかなか面白い」

独り言のようにそう言って、また少し理久の方に身を乗り出す。

「そういえばお前は、学院で、性オプションというものを受けたはずだな」

まさか今ここで聞くとは思わなかった言葉が理久を不意打ちし、理久は思わず赤くなった。

「あ、は……はい」

どうして今ここで、父はその話を出すのだろう。

「学院側はいろいろご託を並べていたが、要するに、ちょっと男に触られたくらいでは動じない程度の経験をさせる、ということだと私は理解した。違うか？」

「……はい、そうです」

身もふたもない言い方だが、それはオプションの目的のひとつだ。

そして今回、理久はあのオプションがあったおかげで、タカヒロの言葉のおかげで、「なすがままになってはいけない」ラインを自覚し、拒否し、自分の身を守ろうと思えた。

だが父の言い方には、何か含みがある。

するとと父はさらに尋ねた。

「それはつまり、誰か男を相手に、実際の体験をした、ということだろう。相手は学院の先輩か何かか？」

理久はぎょっとした。

まさか……まさか父は、その「相手」を知っているのだろうか。

それが志津原だということを。

志津原も学院の出身者だということを、知っている……？

それは、理久からは絶対に口にしてはいけないことだ。

学院出身者の情報は、迎えられた「家」でも、決して洩らしてはいけない。

それなのに、どうして父は知っているのだろう。

「答えにくい質問なのか」

理久が黙っていると、父は苦笑した。

「まあ、別に相手は誰でもいい、とにかくお前は、そういう教育を受けている。重要なのは、そこだ」

理久はわずかに緊張を解いた。

志津原のことを知っているわけではないのだ。

すると父は少し考え、そしてもう一度理久を見つめた。

「お前、私の役に立ちたいか」

「もちろんです」

理久は頷いた。

自分はそのために、この家に来た。言うまでもないことだ。

父は理久の顔をじっと見つめる。

「私は、お前が志津原と近付きになってくれればいいと思っている。個人的に親しくなり、志津原の警戒を解く。年齢差があるから友人になるのは不自然かもしれないが、友人ではない、深い関係なら、いけるんじゃないか」

理久には一瞬、父の言っていることが理解できなかった。

深い関係……理久と志津原が……？

次の瞬間、父の意図を悟ってぎょっとする。

性オプションの話は前振りだったのだ。

「そ……」

声が、喉に絡まった。

「それは……僕が……志津原さんと……」

「お前が、男相手のことをある程度仕込まれているのなら、それも可能だろうということだ」

父はことさらに、淡々と事務的な口調を選んでいるように見える。

「あの男は隙を見せない。どこからアプローチしても、個人的な誘いには乗らないし、弱点も摑めない。だが今回のことは、まさに天の配剤だ。お前は彼と、個人的に近付きになる口実を摑んだんだ。そこは本当に褒めてやりたいと思っている」

理久の頭の中に、父の声が奇妙にがんがんと響く。

父は……理久に、下心を持って志津原に近付けと、言外の意味を汲み取るなら、近付いて身体で誘惑して深い関係になれと、言っているのだ。

「そ……僕は……何を……どうして……」

「それほど難しいことをしろと言っているわけではない。ただ私は、あの男の弱点を知りたいだけだ。どんな小さなことでもいい。お前が彼の身辺についてなんでもいいから報告してくれれば、それをどう使うかは私が考える」

つまり、志津原をスパイしろと言っているのだ。

隙を見せない志津原の、なんでもいいから弱点を見つけろ、と。

それは仕事上必要なことなのだろうか。

父の言葉の衝撃が大きすぎて、理久には受け止めきれない。

「とにかく、私が指示したことは悟られずに、あの男に近付くんだ。いいな」

父は念押しした。

「方法はお前が考えたほうが不自然にならないだろう。私の手を借りたければ言いなさい」

その言葉が「話は終わりだ」と告げているのがわかった。

「……はい」

理久はのろのろと立ち上がり、呆然としながら自室に戻った。

廊下を曲がったところで、母に出会った。

急須と茶菓子が載ったトレイを持っている。

「あら……お話はもう終わったの？　お茶のおかわりをと思ったのだけれど」

母は屈託のない様子で尋ねる。

「あ……終わり、ました」

理久が答えると、母は首を傾げて理久を見た。

「顔色が悪いわ。お父さまは、何か無茶を言ったのではない？」

母はおそらく、父が何を考え、理久に何を指示したかについては、全く関与していないのだろう。

「いえ、僕がちょっと……難しい課題をいただいたので」

「そう」

母は頷く。

「お父さまは厳しいかもしれないけれど、いつでも宮部家のことを最優先に考えているの。あなたに今すぐ理解するのは難しいこともあるかもしれないけれど、お父さまはあなたに期待しているのよ」

宮部家のために。

志津原に近づけというのもきっと……何か、そういう理由のためなのだ。

「大丈夫です」

理久はなんとか微笑んだ。

「部屋に戻ります」

「具合が悪ければ言ってね」

母が心配そうに言ってくれたので、理久は「大丈夫です」と答えて、部屋に戻った。

ベッドに倒れ込む。

父との会話を、最初から思い返し、父の意思を再確認する。

ことは明確だ。

志津原に近付いて身体を使って深い仲になり、弱点をスパイする。

理久と志津原がいくつかの偶然を経て距離を縮めたのを機に、せっかく性オプションも受けたのだから、それを利用しない手はない、と思ったのだろうか。

だが、父は知らないのだ。

そもそも志津原も学院出身者であり、理久のオプションの相手が、志津原だったということを。

言うわけにはいかない。

自分以外の誰かが学院出身者であることは、口が裂けても言ってはいけない。

理久にしてみれば、父の指示という大義名分のもとで、志津原に接近することは決していやではない、と思う。

だが志津原の方は……？

それに、父の指示どおりに志津原に近付くということは、志津原を騙すということだ。

目的は「弱点を摑む」ということなのだから。

そんなことはできない……したくない。

でも、父の指示には従わなくては、と思う。

父には何かしらの理由があって、理久と志津原の接近をチャンスと捉えた、ということなのだから。

理久が最優先すべきなのは、父の意思だ。

でも……でも。

志津原には近付きたい、普通の「知り合い」としてなら。

だが騙したくはないし、彼が簡単に騙されるとも思えない。

どうすればいいのだろう。

どうするのが正しい道なのだろう。

理久の考えはぐるぐると同じところを巡っているばかりで、答えは永遠に出ないような気がしていた。


「あの件はどうした」

三日ほど経った朝食の時、母が食卓を立ってキッチンに行った隙に、父が尋ねた。

理久は口に入っていたものを慌てて飲み込んだ。

「会社にメールと電話を……どちらも、秘書の方を通じて、お礼などは無用だとのことでした」

「それはそうだろう」

父は眉を寄せる。

「クラブの方は?」

「なかなか会えないので、時間帯を変えて通ってみています。今日は、夜に行ってみようと思います」

「そうか。あまり時間をかけすぎるな」

父が言ったとき、母が食後のコーヒーを載せたトレイを持って戻ってくる。

「あなた、今日のお夕食は」

「今日は接待がある」

父は短く言ってから、ちらりと理久を見た。

「今話していたんだが、理久も同行させるので、理久の夕食もいらない」

夜にクラブに行くと行ったので、父は口実を設けてくれたのだ。

「あら」

母は瞬(まばた)きをし、理久を見て微笑む。

「では、おいしいものを食べさせてもらいなさいね。あなた、理久は未成年ですから、お酒のことは気をつけて下さいね」

「わかった」

父は穏やかに頷く。

こういうやりとりを見ると、夫婦仲は決して悪くはないのだろう。

だが、母には絶対に踏み込ませない領域が、父にはある。

夫婦というのは……そういうものなのだろうか、と理久はぼんやり考えた。

夕方になると、父と待ち合わせていると言って家を出る。

接待に同行することになっているので、スーツではないが、ジャケットにネクタイ姿だ。

そのままクラブに行ったが、志津原の姿はなかった。

なんとなくだが、避けられているような気がする。

しつこくメールや電話をしたので、理久が連絡を取りたがっていることはわかっているだろう。

理久がいつ顔を出すかわからないので、クラブに来ることじたいを今はやめているかもしれない。

迷惑がられている……そう思うと、心は重い。

しかし、そのぶん父の指示を先送りすることに、わずかにほっとしたりもする。

だがずっとこのままではいられない。とにかく一度は会わなくては。

理久は、用意してきた手紙を、フロントに預けた。

「先日助けていただいたので、お礼の手紙です。志津原さんがいらしたときに渡していただければと思います」

クラブ側は先日の件を知っているので、疑問を持つことなく預かってくれた。

中には、ただこう書いてある。

『一度、電話でもなんでもいいので、直接お話をしたいと思っています』

そして、理久が父に持たされている携帯の番号。

それだけだ。

くどくどといつまでも「先日の礼」を口実に使わないことで、志津原が何か感じ取ってくれれば、と理久なりに頭を絞って考えたのだ。

数日間連絡を待ち続け、この方法ではだめか、と諦めかけたのだが……

ある夜、自室で勉強をしていると、携帯が鳴った。

知らない番号からの電話だ。

慌てて耳に押し当てる。

「は、はい！」

「……もしもし」

探るようにそれだけ言ったのは、間違いなく、志津原の低い声だった。

「はい、あの、あの」

自分の部屋なのに、思わず周囲を見回して小声になる。

「今、周囲に誰かいるのか」

「いえ、いいえ！」

「明日の午後一時、高輪のK美術館に来られるか」

そこなら知っている。行ったことはないが、美術鑑賞の授業を受けたときから興味があった、小さいマイナーな美術館だ。

「はい！」

「二階の展示室。では」

電話はそれだけで切れた。

――わかってくれた。

誰にも知られずに、二人で話がしたいということを、わかってくれたのだ。

指定された時間もありがたい。昼間だから母にはジムに行くと言えばいいし、父に何か言い訳する必要もない。

志津原に会える。

胸が高鳴るような、しかし会って話すべきことを考えると逆に重く沈んでいくような、複雑な気持ちだ。

それでも、理久はとにかく、話すべきことを自分の中で何度も何度も整理した。


指定された時間に、閑静(かんせい)な住宅街の奥まったわかりにくい場所にある美術館に、理久(りく)は辿(たど)り着いた。

ここは個人の所蔵物を展示してある場所で、夜と馬をテーマにした絵画に特化している、知る人ぞ知る美術館だ。

営利を目的としていないため、開館は不定期だし、駅からの案内板も何もない。

何かの図録で見た、一枚の絵が記憶に残っている。

青一色に見える画面の中に、月光に照らされた黒い馬がすっくと立っている。

足元には水面があって、そこにくっきりと影が浮かび上がっているのだが、なぜか馬の首が向いている方角が違う……そんな、不思議な絵だ。

その絵がある場所、ということで名前を記憶に留めていたのだ。

受付で入場券を買うと、理久はひっそりと静かな館内に足を踏み入れた。

人気はまるでなく、展示室は一階に大きいものがひとつあり、真ん中に二階に通じるらせん階段がある。

真っ直ぐ階段に向かい、上がりきると、左右にひとつずつ展示室があるようだ。

どちらだろう。

時間には少し早いが、志津原はもう来ているのだろうか。

緊張からか、心臓がどきどきと音をたてはじめる。

とりあえず、右の展示室に向かい、開放された扉から一歩入って……理久ははっとした。

志津原が、立っていた。

一枚の、それほどサイズの大きくない……五号くらいの絵を、正面から見つめている。

仕立てのいいスーツを着て、背筋がぴんと伸びた姿は、長い手足や筋肉質の男らしい身体を引き立てているように見える。

高い鼻筋の、整った横顔は、薄暗い空間でもはっきりとわかる。

理久は躊躇いながら、入り口に近い絵画に目をやり、それからゆっくりと志津原に近付いた。話しかけてもいいのだろうか、と思いながら志津原が見つめている絵を見て……理久ははっとした。

あの絵だ。

月光に照らされた黒い馬の。

思っていたよりかなり小さい絵だが、直接見ると、暗い森の中に引き込まれそうな、不思議な佇まいだ。

「……ここで、俺が一番好きな絵だ」

静かな声で志津原が言った。

志津原も、この絵が好きなのか……自分が惹かれているこの絵を……！

思わず理久が志津原の横顔を見上げると、志津原も理久を見た。

「ここは静かで、一人になれる、俺の秘密の場所だ。誰かに話を聞かれる心配はまずない」

それで、ここを指定してきたのか。

「……何度もご連絡して、すみませんでした」

「いや。お前の……親の、指示だろうとわかっていたから」

志津原は穏やかに言った。

「だが、今日ここに来たのは、お前の意思で、親には言っていない。そうじゃないか？」

やはり志津原はわかってくれていたのだ、と理久はほっとした。

「はい」

「それで？」

あまりのんびり話している時間はないのだから、さっさと用件は告げてしまわなくてはいけないと、理久にもわかる。

理久は、考えていた言葉を、大急ぎで口から押し出した。

「父は、あなたに近付けと言います。でも僕には……父の言うようなことはどうしても……相手があなただから、余計に、無理だと思うんです。だから、僕がどういうアプローチをしても、あなたが断って下さればと思って」

それが、考えた末に理久が出した結論だった。

理久がアプローチをして、でも志津原が断り続けてくれれば、父の指示は「果たそうと思ってもできない」ということになる。

理久にとっては、結局志津原とは「ただの知り合い」にもなれない、ということになるが……それが最善の方法だと思ったのだ。

「その、『近付け』というのはどういう意味でだ？」

志津原の声は穏やかだが、核心を突いている。

「友人になるには不自然な年齢だ。ただ近付きになりたいということなら、お前の父と俺はすでに知り合いだし、取り持ってくれる人間はいくらでもいるだろうに、なぜ、あえてお前を俺に近付ける？」

やはり言わなくてはいけないのだろう。

それを口に出した瞬間、自分は父を決定的に裏切ることになる。

だが言わなくては志津原に理解してもらえない。

理久はごくりと唾を飲み込むと……思いきって言った。

「か、身体を使って……あなたの弱点を摑め、と」

「……やはりそういうことか」

志津原は驚きも見せず、ただため息をついてそう言った。

それでは志津原には見当がついていたのだろうか。

理久が驚いて志津原の横顔を見上げると、志津原も理久の顔をちらりと見た。

「……例のオプションを受けていると、そんな要求もある。俺の場合は父もだが、うるさい親族や側近もかなりいて、それくらいのこともできないようでは実業界や政界にパイプなど作れないと言われたからな」

「タ……志津原さんも、ですか⁉」

理久は危うくタカヒロと言いそうになって慌てて言い直した。

志津原もそんなことを要求されていたとは。

それで志津原はどうしたのだろう。従ったのだろうか。

口に出さない理久の疑問を感じ取ったのだろう、志津原は苦笑した。

「俺は、十八歳で引き取られ、学生のうちから事業にも関わり、後継者にふさわしいと示してみせることを早急に求められたから、そんな無茶も言われた。だがそんな姑息な方法は使わずに成果を上げてみせると宣言し、実際にそうした」

「そう……できた、んですね」

今の理久と変わらない年で、いきなり事業に関わって成果を出すというのは大変なことだ。だが志津原だから、それが可能だったのだろう。

身体を使う、などということはせず、堂々と自分の価値を示したのだ。

「やるしかなかった。そもそも、志津原家との関係は、最初から親子関係などではなく、契約だったからな」

「契約……?」

どういう意味だろう、と理久は志津原の言葉の続きを待つ。

「もちろん、実子として籍に入る、それは学院の方針だから同じことだ。だがもともと父には家族はいない。親も兄弟もなく、結婚も一度もしていない。俺は正式に結婚していない相手から生まれた隠し子を迎えたという扱いだ」

そんなケースもあるのか……!

両親が揃った家庭ではなく、父しかいないところに、隠し子扱いで。

志津原は言葉を続ける。

「父という人はべたついた関係は嫌う人で、最初の面談で、大人としての、ビジネスとしての関係を結びたいのだとはっきり言われた。一から教え込む相手は面倒だから不要だ、俺はもう実戦の準備ができているから選んだのだ、と」

淡々とした説明だが、理久は胸が詰まるような気がした。

最初から……ビジネスの関係として。

家族の情などなく。

だが学院の生徒は、「いつか自分を必要としてくれる家の、家族となる」ことを夢見て、それを目標としている。

十八になるまでに引き取り手がなければ一人で生きていく道を選ぶことにはなるが、それは「家」を背負わない、自由な恋愛とか結婚に通じる道でもある。

だが志津原は、「家族」として迎え入れられるのではなく、ただただ最初から、義務と責任を負わされたのだ。

今の理久と変わらない年齢で。

自分が同じ立場になったら、適応などできただろうか。

志津原が放り込まれた環境は過酷なものだったのだ。

「……僕は……自分が恥ずかしいです」

思わず、そんな言葉が零(こぼ)れた。

「僕は……家族として迎え入れてくれる家に出会えて……志津原さんに比べれば本当に恵まれた環境なのに……父に言われたことでこんなふうに悩んで……」

「恵まれている？　本当にそう思っているのか？」

志津原が皮肉な響きを帯びた声で遮った。

「え……だって……」

志津原は真剣な瞳で、じっと理久の顔を見つめる。

「お前の親が、心からお前と、本当の親子のようになりたいと望んでいるのなら、今回のような指示を出すと思うか？」

理久はぎくりとした。

本当の……親子だったら。

父が本当の父で、理久があの両親に赤ん坊の頃から育てられていたなら。

父は「身体を使ってスパイしろ」というような命令を、息子にしただろうか。

そう考えると、理久は、背中をざあっと冷たい汗が伝うように感じた。

わからない。冷徹な父なら実の息子にそう命じるかもしれない。

だが、そうではない、実の息子ではないからこそ、なのかもしれない。

もしかすると……自分はそもそもそういう「身体を使う」道具として引き取られたのだろうか？

性オプションの注文もそのために受けさせたのだろうか？

宮部家が後継者を必要としていたのは間違いない。

理久を何年にもわたって観察し、とうとう理久に決めてくれた。

母と顔立ちが似ていることも、美術鑑賞に関心を示したことも、決め手にはなっただろう。

でも……本当の決め手がそれではなかったとしたら。

理久が年齢の割に小柄で、男らしいとは言えない優しい顔立ちのままこの年齢になっていることや、従順で自己主張の少ない性格などが決め手だったとしたら。

「お前は」

考え込んでいる理久の耳に、志津原の声が静かに入ってくる。

「今回の相手が俺ではなく、本当に見も知らない人間で、それも……生理的にどうしても受け入れられないような相手だったらどうした？」

志津原ではなかったら？

そうか……そういうことも、あり得たのだ……！

どうしてそれに思い至らなかったのだろう、と理久は自分の考えの至らなさが情けなくなった。

そうだ、志津原ではなく、生理的に受け入れられない相手。

たとえば更衣室で理久に触ってきたあの男のような相手だったら？

父が必要と判断して、あの男に対して「身体を使え」と指示してきたら……と思うと、理久はぞっとして身を震わせた。

タカヒロの言葉のおかげで身を守ることができたような相手に、自分から「触れられたくない限界」を越えさせる……自分の意思で。

そんなことができるのだろうか。

だがそれはあり得ることだったし、この先もあるかもしれない。

今回志津原が理久との接触を断ってくれたとしても、別な相手に対して同じことを父がまた命じ……それがこの先ずっと続くのかもしれない。

理久は「恵まれている」と思った自分の立場がおそろしく危ういもので、足元の床にぽっかり穴が開いたように感じた。

いい家で、いい両親で、理久を望んでくれて……少なくとも母はそうだと感じた。

だが母も、従順で父には逆らわない人だ。

理久を「どう使うか」ということを、母も承知の上だったら……？

そうだ、書斎で父と話したあと、母が言った言葉。

『お父さまは厳しいかもしれないけれど、いつでも宮部家のことを最優先に考えているの。

あなたに今すぐ理解するのは難しいこともあるかもしれないけれど、お父さまはあなたに期待しているのよ』

それは……すべて知っていて、父の指示を受け入れろと、そういう意味だったのだろうか……?

「お前は、お前の父がどうして俺に執着するのか聞いているか?」

志津原がふいに、理久にずばりと尋いた。

「え……いえ」

そういえば、どうしてだろう。

そんなことも疑問に感じなかった自分が、本当に情けなくなる。

父は、自分が近付きになりたいというよりは、とにかく理久と志津原を近づけたいように見える。

そして、弱点を摑め、と。

「何か……事業で、ライバルだとか……?」

「競合する部署はほとんどないんだ。わずかに、お前のところの製薬と、うちの医療機器が重ならなくもないが、ライバルというよりはむしろ手を結んだ方がいいくらいだ。それに、事業の上でのことなら、俺の個人的な弱点を見つけてどうする? 強請るのか? 宮部のトップに立つ人間の行動としては不自然だろう」

そう言われると本当にそうだ。

「僕には……何も……志津原さんは何かご存知なんですか？」

志津原は首を振った。

「想像していることはあるが、確実ではない。ただ……俺の父の代からの、何か遺恨(いこん)がありそうだということしか。だが、むしろ宮部氏は志津原に関わりを持たないようにしている印象だったのに、突然お前にそんな指示を出したことは、何かきなくさいとは思っている」

先代からの遺恨。

事業の上で何かあったのだろうか……？

「だからこそ」

志津原は理久を見つめた。

「俺は、お前に近付いてはいけない、お前を俺に接近させてはいけないと感じている。これはまあ……俺の勘のようなものだ」

つまり……

再会してから、志津原が理久にそっけなかったのは、その「勘」のせいだった、ということなのだろうか。

漠然(ばくぜん)とではあるが、その「勘」があるかないかが、理久と志津原の差のようにも思う。

理久はただ、タカヒロに再会できて嬉(うれ)しい、また一から知り合いになり、親しくなれれば、などとしか思っていなかったのだ。

「僕は……本当に考えが浅くて、子どもです」

思わず理久の口からそんな言葉が洩れる。

志津原は首を振った。

「無条件に相手に従う、それはお前の長所でもある。そういうお前が必要とされたわけだからな。だが……従いつつも、自分の行動には常にどんな意味が伴うのかを考えたほうがいいように思う」

それは、理久に対する説教とか非難とかではなく……真剣なアドバイスだと、理久にはわかった。

そう、あのとき……最初に会ったうさぎ当番のときに、理久の悩みを真剣に聞いてアドバイスしてくれたときのように。

あのときと今とでは、理久の悩みの内容も違う。

だが彼の言葉は正鵠（せいこく）を射ていて、正しいと理久は感じる。

あのときのタカヒロと今の自分は同じくらいの年齢なのに、あのときの彼のほうがはるかに大人で、考え深い。

同じ教育を受けてきているはずなのに、資質の差なのだろうか。

本当に自分が情けない。

理久が俯いていると……

「……あの学院のことを知っている人間は……あそこを『御曹司養成所』と呼んでいるらしいが」

志津原が言った。

「御曹司養成所……？」

奇妙な語感に、理久が問い返すと、志津原が苦笑する。

「そういう見方もあるだろう。育ちのいい、苦労知らずの、いかにも御曹司といった跡取りを養成して送り出している、と。だが実際には、これまでとは全く違った環境の中で、期待に応えられるよう最大限の努力をするように過酷な教育をされている。俺もお前も」

過酷な、というようには、理久は考えたことがなかった。

だがそれでも、自分たちは苦労知らずのお坊ちゃんとは違う、と思う。

志津原は、二人が今その前に立っている絵を見つめた。

「この馬は、俺たちだ」

「え？」

理久は驚いて、志津原から絵に視線を向けた。

夜の森の中の黒い馬。

水に映った影は、顔が違う方向を向いている。

理久が図録を見て惹かれたこの絵が……自分たち……？

志津原は黙って絵を見つめ続けている。

これが……自分だとしたら。

「あ」

理久ははっとした。

「ええと……地上に立っているのが『他人に見せている自分』で、水に映っているのが『本当の自分』……？」

「もしかしたら逆かもしれないが」

水に映っている方が、他人に見せている自分かもしれない、ということか。

「だがどちらにしても、足は同じ場所に立っている。そして、ただ立っているだけではなく、この姿は凛（りん）としていて本当に美しい。森の中は暗いが、月明かりが確かに照らしてくれている。俺は……迷うと、この絵を見に来るんだ」

理久はその言葉を聞きながら、もう一度絵をつくづくと見つめた。

油彩のタッチは、繊細というよりは荒々しい。

それなのに絵の印象は静謐（せいひつ）で美しい。

自分はその美しさに「なんとなく」惹かれたのだが、志津原が別な視点を教えてくれると、新しい目でこの絵を見つめられるような気がする。

そして……志津原の言葉が、しっくりと腑に落ちる。

そうだ、自分は自分だ。

立ち位置をしっかりと確かめ、自分という一人の人間の芯を失わずに生きていく。

志津原はすでにそうやって生きている。

自分もそうありたい。

理久は絵から、志津原に視線を移した。

志津原はまだ、絵を真っ直ぐに見つめている。

彼が言った「凜として美しい」というのは、まさに志津原のことだと思う。

「……今回のことについて」

やがて志津原は静かに言った。

「俺はお前に何もしてやれない。お前を無視する以外」

その言葉が胸に重く響く。

「……はい、それだけで充分です。あとは僕が自分で、父と話します」

志津原に近付こうとしても近付けない、相手にされない、ということを、自分の言葉で父に伝える。

すべてはそこからだ。

「では……」

志津原が身体の向きを変え、はじめて理久と正面から向かい合い……片手をあげた。

その掌(てのひら)が理久の頭にぽんと置かれるような気がして、理久の心臓が跳ねる。

だが志津原は、自分の無意識の動きにはっとしたようで、ぴたりと手を止め、そして下げた。

わずかに眉を寄せ、そしてため息をつく。

「元気で」

その声音に「これきりだ」という響きがある。

こうして会うのだって、本当に特別で、危険なことですらあった。

本来接点はないのだし、これからも接点は持たないという確認なのだから。

「あ……ありがとうございました」

声が震えたような気がしたが、志津原は何も言わずに頷(うなず)くと、向きを変えた。

そのまま真っ直ぐ、展示室を出て行く。

振り向くことなく。

その瞬間理久は、胸がぎゅっと鷲掴(わしづか)みにされたように痛むのを感じた。

もうこれで本当に「タカヒロ」とは会えない。

志津原という人間は理久にとって赤の他人で、なんの接点もない。

それが、どうしてこんなに苦しいのだろう。

志津原の片手が頭にぽんと載せられるのではないかと期待した、一瞬の胸の高鳴り。

あの手が……自分に触れたことを、頭ではなく身体が思い出したかのように。

だがそれも、本来忘れなくてはいけないことだった。

二度と思い出してはいけない。

そう思いながらも……そんなことは可能なのだろうか、と理久は拳を握り締めた。


朝食の席で、珍しく家政婦の遠野が給仕をしていた。

いつもは朝食が終わった頃合いに現れ、夕食の支度を終えて帰って行くのだが、母の都合で時々、時間帯が変わることがある。

「今日はなんだった」

白髪を品よくまとめた、白い割烹着姿の遠野がキッチンに下がると、父が母に尋ねる。

「明日の昼食会の準備で、早出をお願いしたんです。遠野さんには早出をしてもらって、北川さんには状況次第で残業をお願いしようかと」

母は微笑んで答えた。

翌日は、いつもの軽いランチ会ではなく、政界財界の夫人たちを招いての昼食会があると、理久も聞いている。

おそらく頃合いを見て理久も挨拶に顔を出すことになるのだろう。

その準備で、いつもはいない時間帯に家政婦がいる。

「ああ、そんな話をしていたな、明日だったか。出席者の名前だけあとで教えてくれ」

父はそれだけ言って食事を続ける。

家の中のことは母が采配(さいはい)を振っているが、こういう会食は母の「友人関係」ではなく、父の事業に関わってくる関係のため、把握しておくのだろう。

事業でもそうなのだろうか、すべてを部下任せにはせず、細かいことも把握しておきたいタイプなのだろうか、と理久は考える。

しかし理久の中にはもっと大事な問題があった。

先日、志津原と話してから半月になる。

そろそろ……志津原には拒否され通しだと、父に告げなくてはいけないだろう。

そう思っていると、

「理久」

父が理久を呼んだ。

「今日は早めに帰るから、夕食前に書斎に来なさい」

理久ははっとした。

父も、そろそろ「進捗(しんちょく)状況」を確認する頃合いだと思っているのだ。

「はい」

理久は緊張しながら頷いた。

その日は出かけずに一日部屋で勉強することに決める。

母は、翌日の準備に忙しく、昼食はその後出勤してきたもう一人の家政婦、北川が部屋まで届けてくれた。

見た目が美しくボリュームもある、サンドイッチのセットで、まるでホテルのダイニングから運ばれてきたような豪華さだが、理久には少し量が多いように見える。

そのトレイを置いて部屋を出て行こうとした北川が、少し躊躇ったのに理久は気付いた。

「何か……？」

北川は地味な中年女性で、理久は直接話したことはほとんどない。

「あの、理久さま」

北川は思い切ったように言った。

「少し……お瘦せになったように思うのですが……何かご不調でも？」

理久ははっとして北川を見た。

「失礼なことを申し上げたようならお許し下さい。私にも、理久さまよりも少し年上の息子がおりますので、気になって」

北川が慌てたように言い足す。

言われてみれば確かに、ここに来たときに比べてベルトが緩くなったような気もしている。

そしてこのところ、食欲も落ちているかもしれない。

今運ばれてきた食事も、全部食べきれるような気がしない。

だが理久自身、言われるまで気付かなかったし、理久のことをよく見ていてくれるように思う母にも、何も言われていない。

北川だけが気付いたのだ。

そう思った瞬間、理久の中で何かが崩れたような気がした。

涙が滲みそうになるのを必死に堪える。

この人は「他人」であり、理久の事情を知らない。

両親としっくりいっていないなどと、怪しまれてはいけない。

「あ……そうかも、しれません」

理久はなんとか、落ち着いた声を出すことに成功した。

「ジムに通いはじめて、少し無理をしたかも……別に体調が悪いとかではないので、心配しないでください。ありがとうございます」

「さようでございますか、差し出たことを申し上げました」

北川はそう言って部屋を出て行こうとし、もう一度立ち止まって振り向いた。

「何かございましたら、遠慮なくご相談ください」

そう言って微笑み、廊下に出ると扉を閉める。

相談……といっても、何も事情を知らない家政婦に相談できることなどないだろう。

それでも……この家の中に自分を優しい目で見ていてくれる人がいる、ということはどこか心を温かくするような気がした。


「それで?」

父が理久に尋ねた。

その後志津原のことはどうなっているのだ、と……続きを聞かなくてもわかる。

「うまく、いきません」

理久は静かに言った。

「志津原さんからは、会う必要はないと言われ通しです。これ以上無理をお願いすると、却って気を悪くされるかもしれません」

父の眉間に深い皺が寄った。

「お前のやり方がまずいんじゃないのか。いつまでも、あのときの礼をしたいとばかり言い続けているんじゃないだろうな。それはそれとして個人的に会いたいのだとかなんとか、いくらでもやりようがあるだろう!」

「……それも、やってみました」

理久は俯いた。

嘘をついている。

自分はこの、父である人に、嘘をついている。

その罪悪感が理久の胸を抉る。

だがどうしようもない。

そして、ただ父に「できません」というだけでは一歩も進まないこともわかっている。

「あの」

理久は思い切って顔を上げた。

「理由を、ちゃんと知りたいのです」

「理由だと」

父が不愉快そうに尋き返した。

「なんの理由だ」

「僕がその……志津原さんと、個人的に親しくなって……弱点を探す、その理由です」

これは理久の意思だ。

志津原に言われたから、だけではなく……理久自身が、自分の考えで行動しなくてはいけないと思うからこその質問だ。

ただただ従順な人形でいてはいけない、と思うからだ。

父の求めていることがわかれば、別のやり方で役に立てるかもしれない。

だがその瞬間……

父の顔にどす赤い血が上った。

「お前がそんなことを知る必要はない！」

そう叫んで、目の前にあるデスクを平手でばんと叩く。

理久は思わずびくりと身を竦ませた。

「理由を知ってどうする。なんの役に立つ。お前はただ私の言うことを聞いていればいい、それができないというのなら、お前など必要ない！」

理久はその言葉に、がんと頭を張り飛ばされたように感じた。

必要ない。

自分は……いつか誰かに「必要とされる」日が来る、それをずっと夢見ていたのに。

宮部家に来て、とうとう自分が「必要とされる」場所に来たと思ったのに。

必要ないと、父……いや、父ではないこの人は、言うのか。

理久の顔色が変わったのを見て、父が忌々しげに唇を噛む。

「素直で従順で、与えられた役割は懸命に果たすと……それがお前の性格だと聞いていたのに、どうやら違ったようだ。私の見込み違いだったな」

そう言って大きくため息をつくと、理久から視線を逸らす。

「もういい。出て行きなさい」

それは……書斎を出て行けという意味だったのだろうが、理久は、まるでこの家を出て行け、と言われたように感じた。

必要ない。出て行け。

父は……理久を選び、引き取ったことを後悔しているのだろうか。

後継者としての理久に失望した、ということなのだろうか。

だとしたら、自分はどうなるのだろう。

引き取られた家でこんな事態になることは、想像していなかった。

こういうとき……他の生徒たちはどうしているのだろう。

志津原のように、自分の力を認めさせられればいいが、今の理久にはそんな機会はない。

そんな実力も……きっと、ない。

学院での成績は悪くなかったはずだが、それとは違う、根本的な何かが自分には足りないのではないだろうか。

「出て行けと言ったはずだ」

父の険しい声に、理久はびくりとした。

ぼんやりと考え込んでしまっていたのだ。

「……すみませんでした」

理久はそう言って頭を下げ、書斎を出た。

なんだか、胸が苦しい。

頭にもやがかかったように、何も考えられない。

父を失望させた、もうここで必要とされていない、という事実だけが頭の中でぐるぐるしている。

まっすぐ立っていられないような気がして、理久は廊下の壁に手をつきながら、ふらふらと自分の部屋に戻ろうとした。

すると……

「理久さま」

押し殺した声が背後から聞こえ、理久はのろのろと振り向いた。

家政婦の北川が、立っていた。

こんな時間に、どうしてまだ北川がいるのだろう。そういえば母が、明日の準備で残業を頼むと言っていたかもしれない。

回らない頭でそんなことを考えていると、北川がさっと理久に近寄ってきて、理久の両腕を摑んだ。

「理久さま、大丈夫ですか」

「だ……大丈夫、です」

「旦那さまが、ひどいことをおっしゃっているのが聞こえました」

理久はぎくりとして北川を見た。

何か……何か、学院に関わるようなことを、父は言っただろうか。

しかし北川は、何か秘密を知ったというよりは、ただ理久を心配しているように見える。

「理久さま、ここにいてはいけません」

北川が強い口調で言った。

「え……？」

「この家にいらしてはいけません。どこかに逃げてください。ここにいたら、あなたは殺されてしまいます！」

殺される？

突然出てきたあまりにも非現実的な言葉、聞き間違えたのかと思うが、北川は真剣で必死の形相(ぎょうそう)だ。

「まさか……どうして……」

「だって、あの男は平気なんですよ、息子が死んでも！」

北川が理久の二の腕を摑む手に、ぎゅっと力が入る。

「だから私は理久さまを心配していたんです。ここにいてはいけません！」

息子が死んでも、というのは誰のことだろう。

この家に、理久ではない息子がいたのだろうか？

両親の「本当の」息子が？

その息子が死んで……そして理久も死んでしまうと、北川は言うのだろうか。

「北川さん？」

どこかから母の声が聞こえ、北川ははっとして振り返った。

「ただいま参ります！」

そう答え、もう一度理久を見つめる。

「この家を出るんです、いいですね！」

強くそう言って、北川は身を翻すと、ぱたぱたとスリッパの音を立てながらキッチンのほうに走り去った。

廊下を曲がり、スリッパの音が聞こえなくなる。

理久は呆然と、壁に寄りかかって立っていた。

どういうことだろう。

なんだか、頭が上手く働いていないような気がする。

だが……

父が自分に失望し、必要ないと言い切ったのは事実だ。

そしてそれを北川が聞いていて……そして理久が「殺される」と思ったのなら。

父が自分を「殺す」ということなのだろう。

本当にそんなことが……？

だが北川は真剣だった。

だがそれはだめだ、と理久は回らない頭で必死に考えた。

父にそんな罪を犯させてはいけない、それはだめだ。

自分がいることで、父が罪を犯す可能性があるのなら……自分がいなくなるべきだ。

もうこの家で、自分は必要とされていないのだから。

——出て行こう。出て行かなくては。

理久はふらふらと、廊下の奥へ向かった。

理久の部屋がある離れから、普段は閉まっている専用の通用門に出られる。

鍵はかかっているが、内側からなら開けられる。

持っていくものは何もない、理久自身の持ち物など何もないのだから。

外に出ると、いつの間にか雨が降り出していた。

夜の雨が、傘もささない理久の身体にまとわりつき、しみとおっていく。

通用門を出ると、理久は歩き出した。

とにかく……「家」から離れよう、と思ったのだ。

表通りに出る角を曲がったところで、誰かスーツ姿の男とぶつかり、相手が「失礼」と言ったのがわかったが、理久は立ち止まることもなく、その場を離れた。
あてなどない。
たとえば……学院に戻ることは許されるだろうか？
自分のように「失敗」した子どもは、その後どうなるのだろう？
そんな話は聞いたことがない。
だとしたら、自分は稀な……もしかしたら唯一の失敗例なのだろうか。
そしてそもそも、理久は学院の場所を知らない。
あそこを出るときは「父」の車だった。
家に来るまで二時間以上かかったはずだが、そのルートを理久は覚えていない。
自分には戻る場所もないのだ。
助けてくれる人など、誰もいないのだ。
せめて――せめて。
脳裏に浮かんだのは、志津原の顔だった。
理久の事情を知っている、唯一の人。
だが志津原とはもう、二度と関わってはいけない。
迷惑をかけてはいけない。
ただ……志津原に会いたい。

理久の頭の中は、次第に志津原のことでいっぱいになっていった。

志津原の男らしい顔、優しく細めた目、穏やかな低い声音、理久の頭にぽんと載せられた手、そしてその手が理久を抱き締め、理久の素肌を探り——

ああ、そうか。

理久は頭の隅(すみ)でぼんやり思った。

自分は、志津原が好きなのだ。

きっと最初に会ったうさぎ当番のときから。

理久の話を聞き、希望と自信を与えてくれた、あのときから。

だから、オプションの相手があの人で嬉しかった。

オプションの「内容」だけを記憶して「相手」のことは忘れるべきだと思っても、忘れられなかった。

思いがけず再会できて、嬉しかった。

そして……父に嘘をついてでも、志津原を騙(だま)すようなことはしたくなかった。

自分にとっては、志津原は誰よりも大切にしたい存在だったのだ。

それに気付いたからといって、どうすることもできないけれど。

どれくらいの時間、雨の中を歩き続けたのだろう。

ふと気付くと、理久はどこか見覚えのある建物の前にいた。

夜の住宅街の奥、街灯に照らされたこぢんまりとした建物。
灯り(あか)は点(とも)っておらず、輪郭だけがぼんやりと浮かび上がっている。
ああ、これは……美術館だ。
志津原と話をした。
いや、あのときの志津原は、志津原というよりはタカヒロだったかもしれない。
あの馬の絵を、彼も好きだと言った。
理久が思いつかなかったような深い意味を、あの絵に見ていた。
「僕は……僕は、あの馬のように、ちゃんと、立てなかった……」
無意識に呟(つぶや)いた瞬間、膝の力が抜ける。
どうしてちゃんと立っていられないのだろう。
どうしてこんなに、頭の中に熱いもやがかかっているのだろう。
どうして……
ぐらりと、身体が揺れた、その瞬間。
「危ない——!」
力強い腕が伸びてきて、理久の身体を支えた。
「大丈夫か。おい、ひどい熱だ」
理久は自分の顔を覗(のぞ)き込む、その力強い腕の主を見て、思わず微笑んだ。

志津原だ。

志津原のことを考えていたから、志津原の幻を見ているのだ。

こんな幻なら、ずっと見ていたい。

唇に笑みが浮かび……そして理久は目を閉じた。


唇に、何かが触れる。

記憶の中にある優しく温かいもの。

そして口の中に何か小さなものが押し込まれる。

一度離れた温かいものがもう一度、こんどはひんやりとした感触をまとって触れる。

冷たい――水。

気持ち、いい。

水の冷たさと、その冷たさをくれる温もりが、どちらも心地いい。

安心していいんだ、と理久はぼんやり考えた。

何も考えずに安心していい……いや、それは自分で考えたことではなくて、穏やかで優しい音として、耳に注ぎ込まれたものだったのだろうか？

ゆらゆらと意識は水の中に漂うような感じがして……沈み込んでいく、ゆっくりと。

身体を包み込む心地いい温度。

この感じはどこかで知っているような気がする……なんだったろう。

ううん、今は何も考えず、ただこの心地よさにたゆたっていたい。

静かに……そう、静かに……静かに……。


目を開けた瞬間、理久は自分がどこにいるのかわからなかった。

いや、目を閉じる前の記憶がない。

何か、悲しくて辛(つら)いことがあったのだ。それはなんだったろう。

身体はなんだか、プールから上がった直後のように重い。

そして、自分の身体を包んでいるもの。

羽布団がかかっているのはわかる。

そしてその羽布団の中で、布団ではないものに、身体がすっぽりとくるまれている。

目の前にあるものが薄い布地だとわかって瞬(まばた)きすると、それがかすかにリズミカルに動いている。

胸——だ、誰かの。

誰か、男の人の。

「え!?」

思わず声をあげて身じろぎすると、理久の身体をすっぽりと包み込んでいたものが動いた。

「目が覚めたか」

もぞりと、理久を包んでいたもの……その人の身体が動く。

そして理久の顔を覗き込んだのは……志津原の顔だった。

その顔が近付いてきて、額と額がつけられる。

「熱は下がったな」

そう言って志津原は身を起こした。

羽布団がめくれ、理久が今いる場所が見えるようになる。

見覚えのない部屋だ。

マンションの一室だろうか、ベージュ系の壁紙とアイボリーの天井、機能的なデザインの照明器具と、高い窓にかかった深いグリーンのカーテンが目に入る。

「ここ、は……僕……どうして……」

「雨の中を傘も差さないでうろうろしていたからだ。四十度近い熱だったから、病院に連れて行くか迷ったんだが、事情もあるだろうと思ったから」

志津原は淡々と言ってベッドから出ると、理久の身体の上に羽布団をかけ直す。

「ここは俺が、自宅とは別に持っている部屋だ。他人はいないから気兼ねしなくていい」

落ち着いた、穏やかな声音は、いつもの志津原のもの。

動揺しつつも、理久の頭の中に、ゆっくりと昨日……昨日？　の記憶が蘇(よみがえ)ってくる。

そうだ。

家を出たのだ。

父に必要ないと言われ、北川に「殺される」と言われ、混乱のままに家を出て……そして気がついたらあの美術館にいた。

そのときにはすでに朦朧(もうろう)としていたから、熱が出ていたのだろう。

いや、その前に、父と話したあたりから、体調は悪かったのかもしれない、と思い返す。

だからなんだか、物事がうまく考えられなかった。

「起きられるか」

志津原が言ったので、理久はもぞもぞと身を起こした。

半透明の液体が入ったグラスが差し出される。

「だいぶ汗をかいていた、とりあえずこれを」

グラスを受け取る手に、志津原がその大きな手を添えてくれる。

グラスの中身はスポーツドリンクで、それが喉を通った瞬間、理久の身体はそれを猛烈(もうれつ)に欲していたのだろう、口を離すことなく、本当にごくごくと音を立てて、あっという間に飲み干してしまった。

「うん、大丈夫そうだ」

その様子を見て志津原が頷く。

そういえば……夢うつつの中、何か飲まされた気がする。

グラスとかではなく……あれは……唇?

あれは夢だったのか、現実だったのかと思いつつも、理久は急に恥ずかしくなる。

はたと自分の着ているものを確かめると、真新しい、サイズの大きなパジャマだ。下着も替えられているような気がする。

志津原が着替えさせてくれた、ということなのだろうか。

「あ、あの……僕……もしかして、大変なご迷惑を」

慌ててそう言いかけたところへ、ベッドの脇に置かれていた志津原の携帯が鳴った。

「ちょっと待て」

相手を確認すると、志津原は理久を片手で制し、電話に出る。

「私だ。ああ、例の件だな。坪井部長に任せておいたはずだが……ああ、それでいい。契約には私が直接出向く。日程は任せるから、内容をメールで送っておいてくれ。それから、富士見製薬の件もメールで。夕方までに返事をする」

理久は思わず、志津原の姿に見とれた。

携帯を耳に当て、もう片方の手を軽く腰に当てている。

髪は少し寝乱れて、まとっている薄手のシャツもみっつほどボタンを開けていて、なんだかおそろしく艶っぽく見える。

だがその声はきびきびとして張りがあり、表情も、口角が上がっていて、仕事向きの自信に満ちた顔だ。

この人は……こんな顔で仕事をするのか、と理久はぼんやり思う。

「……そうだ。会議はすべて明日に回してくれ。今日は一日、本当の緊急以外、外部からの連絡は取り次がないでほしい……うん、うまくやってくれて助かる。では」

電話を切り、志津原は理久を見た。

「……どうかしたか？」

理久はいったいどんな顔をしていたのだろう、志津原の顔がやわらかな苦笑に変わる。

「いえ、あの……お仕事、大丈夫なんでしょうか」

「大丈夫なようにしてある」

「でも……ご迷惑なようなら、僕は」

理久が言いかけると、志津原はどさりとベッドに腰を下ろし、理久の肩に手を置いた。

「迷惑じゃない。迷惑なら、ここまで連れてこないで、匿名で救急車でも呼んだ」

そうなのだろうか。

甘えてしまっていいのだろうか。

すると志津原が、理久の目を覗き込むようにして尋ねた。

「……何があった？　家にいられないような何かが起きたんだな？　俺のことか？」

その視線に捉えられると、眩しくて目をそらしてしまいたくて、それなのにそらせない、そんな不思議な感覚に襲われる。

「僕が……うまく対応できなくて……父、に……必要ないと言われて」

それだけではないだろう、というように志津原は続きを待っている。

理久は迷いながら付け加えた。

「それと……家政婦さんが、僕はあの家にいたら、その……殺される、って」

志津原が驚いたように眉を上げた。

「それはまた、聞き捨てならない言葉だな。いったいどういう流れでそんなことを言われたんだ？」

「父に怒られているところを、聞かれたんだと思います」

理久が記憶を辿りながら北川との会話を再現すると、志津原は腕組みをする。

「何か、あるのだろう。ただ、俺が調べてみた範囲では、宮部氏は激高して暴力に走る、という手合いではなさそうなんだが。むしろ」

志津原が言いかけたとき、理久のお腹がぐうっと音を立て——

理久が赤くなるのと同時に、志津原が吹き出した。

「まずはそっちを黙らせるべきだな、待ってろ」

そう言って立ち上がると、寝室を出ていく。

理久は改めて部屋を見回した。

外は昼間なのだろうが、カーテンが閉まっているので、部屋の中は仄暗い。

シンプルな……いやむしろ、殺風景と言ってもいいような、余分なものがない部屋。

志津原の自宅というか本宅とは別に、一人になれる場所として確保しているのだろうか。

ベッドはキングサイズで、大きな枕がひとつ、だが足元の方に別な枕がもう一つ転がっている。

もしかして……誰かと、ここで会ったりするための……このベッドで……？

おかしなことを考えてしまい、理久は慌てて首をぶんぶんと振る。

だが、昨夜は自分がこのベッドで、志津原に抱かれて眠ったのかと思うと、ますます落ち着かない気持ちになる。

どうしても……あのオプションのことを考えてしまう。

相手のことは忘れて、行為だけを記憶する、そんなことはやっぱり無理だ。

雨の中を彷徨いながら、志津原のことを好きだと自覚してしまったあとでは、なおさら。

だが、自分が今置かれた状況、志津原にかけてしまっている迷惑のことを考えたら、とりあえずそんな気持ちは脇に置いておかなくては。

なんとか気持ちを落ち着けたとき、志津原が戻ってきた。

手に持った脚つきのトレイに、小さめの土鍋が載っている。

「とりあえず、ありあわせで作った」

そう言ってベッドの上にトレイを置き、土鍋の蓋を取ると、卵ときのこと葱が入った、金色のおいしそうな雑炊が湯気を立てていた。

これを、志津原が作ってくれた、自分のために。

きゅっと、食べ物を求めて胃が収縮した気がする。

「まず、食え」

口調は素っ気ないが声音は優しく、理久は添えられていた木のれんげを手に取った。

雑炊を掬い、息をかけて少し冷まし、そして口に運ぶ。

ほどよい塩味と、鶏ガラスープ、そして味噌の香りが口の中に広がった。

おいしい。

空腹というスパイスなんかがなくても、本当においしい。

二口、三口と食べ始めた理久を、見つめながら、志津原は言った。

「食いながら、聞いてくれ。宮部氏が、お前を俺に近付けようとする理由について、俺なりに少し調べてみたんだが」

理久がはっとして顔を上げると、志津原が視線を土鍋にやって促したので、理久はなんとか食事を続けながら、志津原の言葉の続きを待つ。

「事業の上では、確かに接点はない。だがどうも、何か……個人的に、昔何かあったんじゃないかという気がする」

個人的に……理久の父と、志津原の父が、ということだろうか。

「周囲の人間に気付かれない範囲でしか調べていないんだが、どうも俺の父の方が、お前の父に対し、何か含むところがあって、いやがらせのようなことをしていた時期があるらしい」

志津原は考え考え言った。

「だが、そのそもそもの理由がわからないから、確執の根とか、どちらに原因があるのかとか、そのあたりは謎なんだが……そういういきさつがあるから、お前を使って俺に対し、仕返しというか復讐のようなことを考えたのかもしれないな」

そういう事情があったのか。

「だがそうだとすると」

志津原はため息をついた。

「俺たちは……代理戦争をやらされる、ということになる。それもよりによって、どちらも本当の息子ではない者同士で、だ」

志津原がそれをはっきりと口に出した。

理久は雑炊を口に運ぶ手を止めた。

半分ほどを食べ、胃の方は落ち着いてきたし、胸のあたりに何かがつかえたような感じになっている。

「もし……もし、僕があの家からいなくなったら、父はそういうご迷惑をおかけしないように……なるでしょうか」

「それはわからない」

志津原は首を振った。

「それに、お前はあの家から『いなくなりたい』のか？」

静かな問いが、理久の胸に重く響いた。

「……いられませんから……もう」

自分はもう「宮部理久」ではなくなる。

だがそうしたら、自分は何になるのだろう？

こういう場合、学院出身の子どもはどういう立場におかれるのだろう？

どこの、誰でもない幽霊のような人間になってしまうのだろうか……？

「それは決定じゃない」

志津原はトレイを脇にずらし、理久の肩に手を置いた。

温かく大きな手を。

「お前が……あの家の後継者でありたいと望み、親との関係を修復したいと望むのなら、その手段はある」

志津原はきっぱりと言った。

本当だろうか。そんな方法があるのだろうか。志津原が間に立ってくれるとでもいうのだろうか。

理久は、はじめて会った時の母の嬉しそうな顔を思い出した。

何年も前から理久を望んでくれていた、という母の言葉も。

あの人の子どもであることは、心地いいだろう。

父も……厳しい人ではあるが、理久を後継者として認め、期待してくれるのであれば、それに応(こた)えたいと思える。

だが。

北川の「殺される」という言葉が何を意味しているのかがわからなくては不安はなくならないし、もしそこが解決したとしても……

「僕は……あそこにいると、結局……今回あなたにしろと言われたようなことを……誰かと……」

身体を使って情報を得る、というような……あるいは何か取引の条件として身体を差し出す、というようなことを、要求され続けるとしたら。

「お前はそれがいやなんだな?」

志津原は低く尋ねた。

「それは実のところ、学院出身でなくても、実の息子でも、そういう手段に使う親がいることはいる。それを我慢できるかできないか、できないとしたら親と戦うことができるか、という問題にもなってくる」

そういえば先日、志津原もそういうことを要求されかけたと言っていた。

そして志津原は拒否し、戦ったのだ……自分の能力を見せつけて。

「それと」

志津原は少し躊躇った。

「そういうことは、同性相手だけじゃない、異性との関係を強要されることも、もちろんある。意に沿わない相手との政略結婚もあるだろう。そういうことも、お前は受け入れられないか？」

学院でも、そういうことは教わった。

そして男の生理として、気持ちは通わない相手とでも行為は可能だとも教わった。

その仕上げが……あのオプションだった。

志津原は……タカヒロは、最初の想い出が恥じるような、傷つくようなものにならないように気を配ってくれたし、それは彼が要求された役割でもあったはずだ。

だから理久だって、性なんてものを、もっと割り切って考えることもできたはずだった。

それができないのは。

「僕は……」

理久は、唇を震わせた。

「僕は……あなた以外の人とは……あなたでないと……」

言ってはいけない、と思った瞬間には、もう言葉は零れだしてしまっていた。

「あなたが、好きなんです」

言ってしまった。

俯き、両手で顔を覆う。

この人が好きだから。

この人との「はじめて」が忘れられないから。

この人に言われたように「行為」と「相手」を切り離すことができない。

それは……理久自身の失敗だ。

志津原は無言だった。

理久は、自分の言葉が彼の前に爆弾を落としたようなものだと思い、顔が上げられない。

こんなことは言わなければよかった。

言うべきではなかった。

でも、言わずにはいられなかった……!

「……理久」

やがて、志津原が低く、理久を呼んだ。

「……それは、刷り込みだ」

びくりと理久は肩を震わせた。

刷り込み。

「オプションの相手が俺だったから。俺は、行為のことは記憶して、相手のことは忘れろと言った。お前はそれがうまくできていないだけだ。でもまだ……間に合う」

間に合う……？

今からでも「タカヒロ」のことを忘れ、好きだという気持ちを忘れればいい、ということだろうか？

でも、そんなことは無理だ。

だって……

「オプションからじゃ、ないんです」

もうこうなったら、すべてさらけ出してしまうしかない。

「はじめて会ったときから……あひる当番のときから。僕はまだ小さな子どもだったけれど……あなたに会った瞬間の印象は忘れられない。大人で、優しくて……そして、あのときの僕の悩みに答えをくれ、希望をくれた……」

引き寄せた膝に額を押し付け、両腕で頭を覆いながら、理久は吐き出した。

「あのあと、学院でもあなたを見かけるとどきどきして。あなたを探して……あなたがいなくなったときは寂しくて……あなたが、僕の頭に載せてくれた手のことが忘れられなくて……だから、オプションで会えたとき、嬉しくて……！」

全部、言ってしまった。

だが、言ってどうなるのだろう。

志津原は無言だ。

――迷惑し、困っているのだろう。

そうでなくても、一晩ここで世話になって迷惑をかけているのに、こんな告白までしてしまって……当然だ。

だとしたら……これ以上の迷惑はかけられない。

「……すみません」

理久はゆっくりと顔を上げ……はっとした。

理久を間近で見つめている志津原の顔。

眉を寄せ、唇を引き結んでいるが、怒っているのとは違う。その瞳は、どこか切なくさえある。

「……俺たちは」

志津原は、低く感情を抑えた声で言った。

「いくつかの間違いを犯したんだ」

間違い……？

志津原は何を言おうとしているのだろう？

理久に対する拒絶の言葉を聞くのは、怖い。

だが、受け止めなくては。

「最初は、俺とお前が、学院の記録に残らないかたちで出会ってしまったこと」

ゆっくりと、志津原が言う。

そう。

あのとき、友達が怪我をしたことを、あひる当番の班長に伝えに行く役目を引き受けなければ、タカヒロとは出会わなかった。

学年も離れていて、当番で一緒にならなければ接点などほとんどなかった。

あれは理久が「指示を受ける側」だったから起きたことだ。

むしろ理久が率先して「誰か行ける？」と尋ねる立場だったら、理久自身が行くことはなかっただろう。

「次は……俺が、オプションの指導役を引き受けたこと」

淡々と、志津原が続ける。

「必要な役割だということはわかっていたから、学院出身者で、すでに生活が落ち着いている者の義務として引き受けたが、お前が……俺を知っているとわかったときに、誰かと交代すべきだった」

あのときも、タカヒロはそう言ったのだ、誰かと代わるか？　と。

だが理久はタカヒロがいい、と答えてしまったのだ。

そこがすでに間違いだった。

強い印象があり、会えなくなったことを残念だと思っていた人とあんなかたちで再会できたことが嬉しくて。

そもそもそういう気持ちがあった以上、「行為のことは記憶して相手のことは忘れる」レクチャーなど不可能だったのだ。

理久は、自分の過ちを志津原がひとつひとつ数え上げているのだと、いたたまれなくなる。

「そして……」

志津原は言葉を切り、理久を見つめる。

「俺が……あのとき、お前をかわいいと思ってしまったこと」

理久は、心臓が一瞬止まったような気がした。

志津原が切なげに眉を寄せる。

「最初にお前の顔を見たときにはわからなかった。だがあひる当番のことを言われて、すぐに思い出した。俺の中にも……あのときの印象は強く残っていたから」

止まった心臓が、今度はばくばくと、倍速で動き出した。

志津原はゆっくりと片手をあげ、指先で理久の頬に触れた。

びり、と電流が走ったような気がする。

「俺はいつでも、『指示を出す側』で、それに疑問を感じたこともなかった。だがお前の……幼いお前の悩みを聞いてはじめて、俺は『そうではない側』の気持ちというものに思い当たったんだ。偉そうなことをお前に言ったが、あのなんでもない会話は、俺にとって自分というものを見つめ直すきっかけになった。あの会話がなければ、俺は傲慢で鼻持ちならない人間になっていただろう」

理久は驚いて志津原の言葉を聞いていた。

彼にとってはなんでもない、ちょっとしたアドバイスに過ぎないと思っていた会話が、そんなふうに彼の中でも大きな意味を持っていた、ということなのだろうか。

「オプションのとき、目の前にいるのがあのときの子だとわかって、俺も嬉しかった。本当はお前の意見など聞かずに交代すべきだったのだろうが、それができなかった」

志津原が、理久の瞳をじっと覗き込む。

その瞳の中に、理久の気持ちを落ち着かなくさせる、何か甘いものがある。

「お前は……同じ年齢のときの俺と違い、無垢で、純粋に見えた。そんなお前に、大人になるための指導をするのは……なんというか、悪いことをしているような、それでいて俺が……お前という人間の、ある意味特別な存在になるのだという期待感もあった」

声が次第に低く、囁くような響きになる。

「そして、お前に触れているうちに、お前のひたむきさとか、恥じらいとか、それを必死に乗り越えようとしている様子とか……俺を無条件に信頼している様子が、かわいいと……いとおしいと思った。自分をセーブしないと、お前に教えるどころか、俺自身の欲望をお前にぶつけてしまいそうだった。お前が俺のことを忘れるべきだと思いながらも、覚えていてくれればと思った」

瞳が、近くなる。

「お前とは二度と会わないと、あのときは思った。偶然にでも、出会わない方がいい、と。その一方で、会いたいとも思っていた。そしてあの日、パーティーでお前が目の前に現れたとき、俺はただただ嬉しいと思い、それを隠すのに必死だったんだ」

そんなふうには見えなかった。

彼は自分のことを覚えていないのかとさえ思った。

おそろしいほどの自制心の下で、嬉しいと思ってくれていたのだ……！

「しづは……」

思わず彼を呼ぼうとした理久の唇を、志津原がそっと人差し指で塞ぐ。

「俺は、本当はお前を完全に無視するべきだったんだ。ホテルのラウンジで会ったのも、俺が通っているスポーツクラブにお前を入れたのも、お前の父の思惑だろうとわかっていたから。それでも俺は……更衣室でお前があの男に触られたことに、おそろしく腹が立った。その後のお前からの連絡に、いちいち悩んだ。完全に無視すればいいだけのことだったのに、それができなかった。結局、あの美術館でお前に会ったのは……俺がただただ、お前に会いたかったからだ」

志津原が、両手で理久の頬を摑んで上向かせた。

「俺が先に言いたかった。だが、言ったらお前に逃げられるのではないかと思った。本当の俺は、お前よりもはるかに臆病だ。こんな俺にお前は、真っ直ぐに『好き』という気持ちをくれる。お前の強さが、俺には眩しいほどだ。だが、今はちゃんと言わせてくれ」

理久にはもうわかっていた。

志津原が何を告げようとしているのか。

それでも、心の片隅にあった「信じられない」という思い。

「お前が好きだ、お前を俺のものにしたい、誰かの思惑など払いのけて、お前と一緒にいたい……俺が心を許し、傍らにいて本当に寛げる、ただ一人の相手として」

その思いを、志津原の言葉がゆっくりと押しのけ、代わって理久の心の中に溢れた幸福感が涙となってみるみる頬にこぼれ落ちた。

「泣くな」

困ったように眉を寄せ、志津原が理久の頬を転がり落ちていく涙に唇をつける。

「いや、泣いてもいい……俺の前で、俺の前でだけ、泣いてほしい、お前に対してだと、俺はこんなことを考えてしまうほど、どうかしてしまう」

困り果てたような志津原の言葉に、理久は思わず泣き笑いになった。

この人も、誰にも心を許せない緊張の中で生きているのだ。

大人で、冷静で、自制心が強いと思っていたこの人が、自分の前だとこんなにも生身の人間としての顔をさらけ出してくれる。

それが嬉しい。

「うれ、し……」

理久がなんとかそう言うと、志津原は優しく、そして甘く微笑んだ。

「お前が誰かの助けを求めているのなら、俺が助ける。お前が居場所を求めるなら、俺が与えてやる。だから……俺以外の誰にも、お前を触らせるな」

甘い痺(しび)れが、理久の背中を駆け抜けた。

そうだ、彼だけに触れてほしい。

彼の名前が志津原であろうとタカヒロであろうと、今自分の頬を両手で包み、自分を見つめているこの人だけに、触れてほしい。

「あなた、だけ……」

語尾は、口付けに飲み込まれた。

唇と唇が重なり、そしてすぐに、ねじ込むように舌が忍び入ってくる。

その、焦れたような感じが嬉しく、理久は志津原の肩にしがみついた。

そのままベッドの上に倒される。

唇や舌の感触、そして志津原の広い胸や、力強い腕、頬に触れる掌の熱さ、すべてがあのときのことを思い出させる。

経験だけを記憶して、相手のことは忘れろと志津原は言った。

でもそんなことは無理だった。

理久にとってあれは……淡い恋心だったかもしれないが、間違いなく「好きな人」との経験だったから。

そして今、それがより濃く甘く、上書きされていく。

しかし、志津原の手がパジャマの裾から入ってきて素肌を撫でたとき、理久ははっとした。

「あ、あの」

唇が離れた瞬間に、なんとか声を出す。

「汗……っ」

熱を出して寝ていたのだから、汗もかいている。

「あとで洗ってやる、今は止まらない」

志津原はそう言ってから、ふと眉を寄せた。

「いや……具合は？　いきなり無茶なことはしたくない」

無茶なこと、という言葉に漠然とした何かを想像してしまい、理久は赤くなった。

「だ……い、じょうぶ……」

ぐっすり眠り、熱も下がり、志津原の作った雑炊まで食べさせてもらって、むしろ身体がすっきりと軽い。

そして何より……中断したくない、してほしくない。

志津原を見上げる視線に込めた想いが伝わったのか、志津原はにっと片頰で笑う。

もう一度、唇が重なる。

今度はゆっくりと、じっくりと、志津原の舌が理久の口の中をまさぐる。

理久も自分から、志津原の舌をぎこちなく迎え、絡める。

次第に頭がぼうっとしてくる。

志津原の手が理久が着ているパジャマのボタンをはずしていく。

掌が素肌を這い、脇腹から肩に上がり、パジャマの下を潜るようにまた脇腹を撫で降りていく。

それだけで、体温がじわじわと上がっていくのがわかる。

指の腹が乳首を撫でた。

「んっ……っ」

理久はびくりと身体を震わせた。

感じてもいいんだ、と以前に言われた場所。

「ここ、覚えているか」

志津原が笑みを含んで尋ねる。

覚えている、あのときと同じで、でも違う。

指の腹で擦られ、それから摘まれると、むき出しの神経を優しく撫でられるような、痛みとぎりぎりの気持ちよさが生まれる。

次第にそれが、むずむずと落ち着かない快感に変わっていく。

「……っ、くっ、んっ」

志津原の唇が理久の唇を離れ、顎から首筋、鎖骨へと降りていく。

彼の唇が理久の肌のそこここに、小さな火を点していくようだ。

ちゅっと乳首を吸われると、びくりと身体が震えた。

そのまま片方を指で、片方を唇と舌とで執拗に弄られていると、腰の奥にもやもやとした疼きが生まれてきて、じっとしていられなくなる。

乳首を弄っていた手がそこから離れ、円を描くように肌を撫でながら、下へと降りていき、パジャマのズボンの上から、理久の股間に触れた。

「あっ……っ」

掌で覆われてはじめて、もう痛いくらいに勃ち上がってしまっていることに気付く。

いくらなんでも逸りすぎだと思われないだろうか、と恥ずかしくなる。

しかし志津原は、掌全体でそこを覆い、ゆっくりと揉みながら、さらに大きくなるように促している。

「んっ、あ、っ……っ」

上体を捩っても、志津原の唇は乳首を追いかけてくる。

どうしよう。

志津原が自分を愛撫していると思うだけで、全身が熱くなり、じっとりと湿ってくるような気がする。

息も上がってきて、その息づかいが自分の耳に響いて恥ずかしい。

と、志津原の唇が乳首から離れた。

急に胸の辺りの温度が下がったように感じて思わずそこに目を落とすと、唇で弄られていた方はぷっくりと濡れて膨らみ、手で弄られていた方はぴんと尖っているように見える。

「あ……」

無意識に、理久は自分のそこに、手を動かしていた。

自分の指先が乳首に触れ、はっと我に返る。

「やめるな」

志津原が、離そうとした理久の手を、乳首に押し付けた。

「いいように触って、どうすればお前が気持ちよくなるのかを、俺に教えてくれ」

唆すような笑みに、理久はおそるおそる自分の指で乳首を摘まんだ。

「んっ……っ」

痛痒いような奇妙な感覚の向こうに、志津原がくれるのと同じ種類の快感がある。

そう思ったら、手が止まらなくなった。

両の乳首をそれぞれに、二本の指で摘まみ、くにくにと捏ね回してる自分がおそろしく恥ずかしいのに、そんな自分を見つめている志津原の目の縁が次第に上気してくるのがわかって、それがさらに理久を煽る。

「んん、んっ……っ」

声が洩れるのが恥ずかしい。

「色っぽい、な。無垢に見えたお前が……あのときも、そんなふうに色っぽく変化していくのがたまらなかった」

志津原はそう言うと、理久が自分で弄っている乳首の下に顔を近付け、腹の辺りに口付けながら、パジャマのズボンのゴムに指をかけ、下着ごと引きずり下ろした。

「あ……っ」

見られている、全身を。

前はそうではなかった、服は着たまま、弄られ……達した。

でも今、この先にあるのはもっと違う何かだ。

勃ち上がって震えている理久のものを、志津原はじかに手で握り込み……そして顔を伏せると、先端に唇をつけた。

「ああっ……っ」

理久はのけぞった。

構わず志津原は、そのまますっぽりと理久のものを奥まで含み、舌で、唇で、愛撫しはじめる。

気持ちいい……どうしていいかわからないくらい、気持ちいい。

「んっ……んっ、あっ……や、やぁ……っ」

腰の奥にわだかまるどろどろとした熱が、出口を求めだす。

尖らせた舌先で先端をくじられた瞬間、頭の中で何かが弾けたような気がして――

「あ――あ、あっ……っ」

のけぞるようにして、理久は達した。

一瞬世界が無音になったように感じ、それから自分の荒い息が耳に入ってくる。

「は、あっ……っ」

志津原は最後の一滴まで搾り取るかのように理久のものを根元からもう一度扱き上げ、そして顔を上げた。

理久の顔を見つめながら、ごくりと喉を動かす。

——飲んでしまった。飲まれてしまった、自分の放ったものを。

「あ、そんな、の」

声が上擦り、震える。

「ご、ごめんなさ……っ」

「どうして謝る?」

志津原が笑った。

「俺がこうしたいから、したんだ」

志津原がしたいから、した。

理久ははっと、オプションのときの志津原の言葉を思い出した。

——自分がされて、いいと思ったことを相手にしてやればいい。

彼はあのときそう言った。

理久はもぞもぞと身を起こした。

「あ、あの、僕も……」

「無理をするな」

驚いたような顔をした志津原に、理久は首を振った。

「無理じゃなくて……僕も、したい……あなたに、触りたい」

一方的に何かされて気持ちよくなるのではなく。

同じ男の身体を持っているのだから、志津原だって気持ちよくなる方法は同じはずだ。

「お前は……」

志津原はくっと顔を歪めた。

「そういうのが、相手を煽るというのは、知らないわけだな」

ということは、志津原は煽られた……興奮、してくれるのだ。

「……じゃあ」

志津原はベッドヘッドに背中を預け、足を投げ出すようにして座る。

理久はその、軽く開いた脚の間に膝をつく。

「キス……しても、いいですか……？」

「もちろんだ」

抑えた声で志津原が言い、理久はその広い胸に縋り付くようにして、志津原にキスをした。

おずおずと舌を入れ、一瞬感じた生臭い苦みが、自分の放ったもののせいだと気付くが、すぐに甘い唾液の味がその苦みを押しやる。

「んっ……んっ」

志津原がしてくれたように自分からキスをしているはずなのに、どうして自分の喉から声が洩れるのだろう。

やがて唇を離し、理久は躊躇いながら、志津原のシャツのボタンをはずした。

一枚さらりと羽織っていただけで、下は素肌だ。

志津原が自分で、その羽織っていたシャツを脱ぎ去る。

滑らかな筋肉に覆われた男らしく美しい上半身は、スポーツクラブの更衣室で一度目にした。

その胸に、理久は顔を近寄せ、そっと肌に唇をつける。

かすかな塩味。

張りのある胸板に手や唇で触れていると、理久の体温のほうがまた上がり、身体の中に甘くもどかしい疼きのようなものが生まれてくる。

肌の色よりわずかに色素の濃い乳首に唇をつけてみたが、理久が下手なのか、そこは変化するようには見えない。

どうすればいいのだろう。

志津原にも気持ちよくなってほしいのに、それができない。

すると志津原の手が、理久の髪を撫でた。

「俺は……そこはあまり、感じないようだ。個人差があるのだと思う」

そうなのか。

だったら。

理久は思い切って身体を少しずらし、志津原の股間に触れた。

「あ……っ」

布越しに、熱く固いものがわかった。

ちゃんと……興奮してくれている、のだ。

この中に、理久がまだ知らない志津原の欲望がある。

部屋着のような薄手のズボンだったので、理久はホックを外そうとしたが、指が震えてうまくいかない。

「待て」

優しく志津原が言って、片手で自分の前をくつろげた。

理久の前に、濃い叢（くさむら）から勃ち上がっている、志津原のものが現れる。

……大きい。

理久は無意識に、ごくりと喉を鳴らした。

同じ男の身体だと思ったけれど、自分と志津原はこんなにも違う。

志津原に触れたい……志津原を知りたい。

「無理はするな」

志津原が低く言ったときには、理久は両手で志津原のものを握り、そして先端に唇をつけていた。

「……っ」

志津原が息を呑む。

志津原がしてくれたように、すっぽりと根元まで咥えることはできそうにない。

先端の張り出したところまでを唇で包み、舌で舐めてみる。

先端から滲み出している塩味のものと、理久の唾液が混じり合う。

これが——志津原。

彼が、自分に向けてくれている熱。

気持ちよくなってほしい。自分の手と口で。

理久はぎこちなく、しかし懸命に、志津原を愛撫した。

張り出した部分を舌でなぞり、それから思い切って喉に届きそうなくらい奥まで咥えてみると、両手で握った幹がぐぐっと体積を増したのがわかった。

ほとんど本能的に、理久はおそるおそる顔を上下させ、唇で扱いてみた。

口の中が志津原でいっぱいになる。

「んっ……ん、んっ……っ」

塞がれた喉の奥からくぐもった声が洩れる。

志津原はゆっくりと理久の髪を撫でていたが、時折その手が止まり、軽く息を呑むのがわかった。

感じてくれている。

嬉しい。

そして……そして、彼は自分の口の中で、いくのだろうか。

頭の隅でそう考えたとき……

「理久」

理久の髪を撫でていた志津原の手に少し力が入り、理久の動きを止めた。

「……っあ」

理久が顔を上げると、志津原の濡れた性器が頰を軽く打つ。

そして志津原は、上気した、堪えるような瞳で、理久を見つめていた。

「理久、もういい」

抑えた声音で志津原は言った。

だめだったのだろうか、やっぱり自分は下手なのか……練習しなくちゃ、でもどうやって……？　と、ぼんやりと理久が考えたとき。

「もういい、それより……お前に、入れたい」

志津原の低い声に熱が籠もっているのがわかり、理久はどきっとした。

入れたい……男同士でそれが可能だということは知っている。

志津原の手が理久の背中を這い下り、臀の狭間に指が触れた。

「ここに」

「あ」

びくっと身体が震えた。

「……いやか?」

志津原がさらに低く、尋ねる。

いやじゃない。

いやなわけがない。

それは、もっと深く志津原を知ることだ。

志津原がそれを望んでくれることが、ぞくぞくするほど嬉しい。

「し、て……」

掠れた声で理久が言うと、志津原はくっと唇を噛んだ。

「お前は……どうしてそういう煽り方を知っているのかな」

「え?」

意味がわからないできょとんとしている理久の両脇に腕を差し入れ、志津原は理久の身体をベッドの上に俯せにひっくり返す。

まだ身体にまとわりついていたパジャマの袖は腕から抜き取られ、完全な裸を、しかも恥ずかしいところをすべて彼の目の前に曝(さら)すような格好になった。

恥ずかしいと思う間もなく腰を引かれ、膝立ちになったところへ、志津原が尾てい骨のあたりにちゅっと口付けた。

「あ……っ」

痺れのようなものが背骨を駆け上がる。

唇が、舌が、ゆっくりと狭間に入り込んでいく。

窄(すぼ)まりを舌先で突かれ、理久は思わず身体をすくめた。

「あ、だ、めっ……そんなっ……」

汚いのに、と思う気持ちと……そんな場所に触れられて、ぞくぞくっとした甘いものが身体を駆け抜ける感覚の狭間で戸惑う。

志津原の舌が丹念にそこを舐めほぐし、唾液を塗り込め、そして舌先でその唾液を理久の中に送り込もうとする。

「あ……あ、あっ……くっ……っ」

理久はシーツにしがみついた。

「痛かったら、言え」

志津原がそう言って、そして今度は、指先が押し当てられたのがわかった。

つぷりと、浅く沈む。

「んんんっ……っ」

自分の中に異物が入ってくる未知の感触。

そしてその異物が志津原の指であると意識するだけで、違和感の中に快感の芽が生まれるのがわかる。

指は中を押し広げるような動きで、ゆっくりと奥まで進んでくる。

内壁を撫でながら浅いところまで引いていき、そしてまた、奥へと押し込まれる。

丹念にほぐすような動きが、どこかもどかしい。

やがて指が二本に増え、そして三本になったのがわかった。

「大丈夫か、痛くないか」

志津原の抑えた声に、理久はただただ首を横に振る。

息が次第に浅くなってしまっていて、声を出したら、なんだかとんでもない声になってしまいそうだ。

広げられる圧迫感はあるが、痛みとは違う。

再び唇をつけて唾液を足し、志津原が慎重に指を抜き差しすると、そこがぐちゅぐちゅと濡れた音を立て始め、理久は、自分のそこがぐずぐずに溶けてやわらかくなってしまったような気がした。

やがて、ゆっくりと指が引き抜かれる。

「あ……っ」

急に自分が空っぽになったように、頼りなくなる。

だがすぐ、そこに熱いものが押し当てられた。

志津原だ……！

さっき自分が口の中に迎え入れたあの志津原自身を、今度は身体の中に受け入れる。

ぐ、と押し当てられると、無意識に理久の身体に力が入った。

「……力を抜け、ゆっくり息をして」

志津原の手が優しく理久の腰を撫でたが、その声には押し殺した、耐えるような響きが混じっている。

理久は浅くなりそうな息を、なんとか堪えた。

ゆっくりと、吸い……そして吐く。

その瞬間、押し当てられたものが、ぐっと理久の中に入ってきた。

「……っあ、あ……！」

熱い。

熱くて、大きい。

息ができない。

無理だ、と頭のどこかで考える。

そのとき、志津原の手が理久の前に回り、萎えかけていた性器をやんわりと握った。

数度扱かれると、覚えのある快感に理久の意識が向く。

どこかもどかしい手の動きに、思わず腰を揺らしたとき……

ぐうっと、志津原のものが理久の奥深くまで入ってきた。

「あ――っ」

叫んだ瞬間、さらに奥まで志津原が来る。

「あ、あ……っ、あ」

なんだろう、これは。

息苦しい圧迫感を押しのけるように、じわりと理久の身体を満たしていく、甘く痺れるような幸福感は。

それを意識した瞬間、力みが身体から抜けていくのがわかる。

「そのまま……力を抜いていろ」

志津原がそう言って、数度、理久の身体を揺するように腰を動かした。

内側が、志津原の熱く固いものによって擦られる感覚。

「あ……う、んっ……んっ……んっ」

喉から押し出される声が湿った響きを帯びている。

ぬくっぬくっと中を熱いもので擦られるごとに、体温が上がり、全身の皮膚を火花が散るような快感が駆け巡る。

だが……何かが足りない、何かが違う、そうじゃなくて。

頭の片隅でそう考えたとき、じゅぷっと音を立てて、志津原のものが理久の中から引き抜かれた。

「あ……っ、なっ」

どうして、と思ったときには、理久の身体は仰向けに返される。

広げられた腿の間に、志津原が身体を進めた。

「もう、大丈夫そうだ……最初は、こっちだと辛いと思ったから」

志津原はそう言って、理久の両膝が胸につくほどに身体を折り曲げさせ、そして、再び入ってきた。

「んっ……う、あ……っ」

確かにこの体勢だと、どうしても身体に力が入ってしまう。

だが理久のそこはもうやわらかく蕩けて、志津原を拒むことなく受け入れる。

「あ、あ……っ」

滑らかに、志津原は理久の奥へと押し入ってきた。

そして志津原がそのまま上体を倒すと、さらに繋がりが深くなる。

「理久、ちゃんと、繋がっている」

志津原がわずかに片頬を歪めて笑った。

黒い髪は乱れて額にかかり、整った男らしい、いつも冷静に見える志津原の顔に、余裕のなさが仄見える。

そして瞳に宿る甘い熱。

理久をいとおしげに見つめてくれるその瞳には、優しさと同時にどこか凶暴な熱があり、それが理久をぞくりとさせる。

志津原が嚙みつくように理久に口付けた。

理久は両腕を伸ばし、志津原の首にしがみつく。

繋がっている。

ひとつになっている。

その幸福感と、身体が感じている快感がひとつになり、さらに大きな波になって理久を包んだ。

重なる唇、探り合う舌。

夢中でキスをしている間に、志津原の腰が律動をはじめる。

「んっ……、んっんっんっ」

志津原のリズムで、理久の声が洩れる。

浮き上がる腰を志津原の片腕がしっかりと支え、もう片方の手が理久の身体をまさぐる。

乳首を摘まれ、そして捏ねられる。

その手がさらに下に向かい、理久の性器を握る。

「ん……っ、んっ、あ、あ、あ」

唇が解放され、理久は声を止められなくなった。

気持ち、いい。

おそろしいほどに気持ちがいい。

全身、外側も内側も志津原の熱を感じている部分すべてが、気持ちいい。

理久の中を穿(うが)ち抉っていた志津原の先端が一点を擦ったとき、理久は自分の中の何かに火がついたのを感じた。

同じ場所を何度も擦られると、そこから熔(と)けてしまいそうだ。

「あ、あ……僕、おか、しっ……」

変になってしまいそうだ、と理久が声をあげると、志津原が理久の頬や額に何度もキスをした。

「俺も、だ……お前の中は……すごく、いい」

押し殺したような志津原の声が、嬉しい。

自分だけではなく、志津原も気持ちがいいと思ってくれる。

二人して、互いの身体で感じている。

志津原が、理久の身体をしっかりと抱え直し、強く腰を動かしはじめた。

掌に感じる、志津原の肩の筋肉のうねり。

そして滲む汗。

「んっ……あ、あっ……あっあっあっ……っ」

次第に、頭の中に霞(かすみ)がかかったようになって、何も考えられなくなる。

志津原の熱だけが、確かだ。

腰の奥でマグマのように渦巻いていたものが、限界を迎える。

「あ、あ……もっ……」

それを察したかのように、志津原が理久の最奥を突いた。

「あ——！」

のけぞる身体を、志津原の腕がしっかりと抱き締める。

びくびくと身体を震わせて達した理久の中に、一拍遅れて、志津原も熱いものをどくどくと注ぎ込んでいた。

先に予告されていたとはいえ、浴室に運ばれ、全身を洗われてしまうのは恥ずかしい。

だが、その恥ずかしさは嬉しさと混じり合い、この人が甘やかしてくれるのなら甘えてしまっていいのだと思えるのは、身体を重ねたからなのだろう。

湯船の中で志津原に背後から抱かれ、理久はくったりと彼の胸に頭を預けながら、じわじわと現実が自分の中に戻ってくるのを感じていた。

「……今、何時なんでしょう。昼間ですよね……?」

「ああ、とうとうそこに気付いたか」

理久のぼんやりした問いに、志津原が笑いながら答えた。

「お前を拾ったのが昨夜十一時過ぎ、お前が目覚めて雑炊を食べたのが朝の十時、それからあれこれあって、今は昼過ぎだな」

あれこれの中身を考えると恥ずかしくていたたまれなくなる。

しかし、昼過ぎということは……

「家で……問題になっていますよね」

あえて「心配している」という言葉を理久は慎重に避けた。

「そうだろうな。警察沙汰になる前に、連絡はしなくてはいけないだろう」

志津原も穏やかに答え、尋ねた。

「それで?　お前は……どうしたい?」

「僕……このまま、ここにいるわけにはいきません」

理久は考えながら、しかしそれだけは間違いないと思い、はっきりと言った。

「先々どうなるにしても……一度は戻らないと」

「お前ならそう言うだろうと思った」

志津原が答える。

「戻って……どうする？　宮部氏との仲を修復したいか？　あの家にいたいか？」

理久には、よくわからない。

あの家に迎えられたときには嬉しくて、間違いなく自分の居場所だと思ったのだが。

「僕があの家で必要とされていないのなら、いる意味はないのかもしれません……」

「とはいえ、戸籍上、お前はあの家のたった一人の息子だ。必要とされているとかいないとか、そういう理由で簡単に縁を切ることはできないし、宮部家でもそれは承知でお前を迎え入れたはずだ」

それでは、勝手にあの家を出ることもできないのだろうか。

たとえば、成人するまでは、互いに我慢しなくてはいけないのだろうか。

理久が考え込んでいると、志津原が言葉を続けた。

「だが……滅多にないことだが、もしこれが修復不可能な問題と判断された場合、『マッチングミス』ということになって、関係が解消されることもある」

「関係の……解消？」

思いがけない言葉に、理久は思わず問い返した。

実子として扱われるのだから、「なかったこと」にはできないはずだ。

だがそうする道が、何かあるということなのだろうか。

「学院のシステムは考え抜かれたもので、マッチングのミスもほとんどない」

志津原は淡々と続ける。

「学院出身者のほとんどが、適応し、幸福に暮らしているはずだ。俺も、自分の置かれた立場は自分に合っていると思う。べたべたした親子関係なしで、ビジネスライクに『父親』の後継者になったことは、俺にとってはむしろ気楽で、やりがいのある立場だった。だが……お前の場合は、何か見落とされた問題があるのかもしれない」

「……もし、そうだとしたら」

理久はおそるおそる言った。

「僕は……宮部理久ではなくなって……そして？」

「俺の側にいればいい」

こともなげに志津原は言う。

いずれにせよ、学院は卒業する年だし、そんなにすぐに他の引き取り手は見つからないだろうから、すぐにまた大学生として学院を出ることになるのだろう。

そして、理久の居場所は志津原が与えてくれる、というのか。

だが……

理久の心の中で、それではいけない、と主張する何かがあった。

それではいけない。

それは、ただ逃げることだ。

宮部理久という自分をあっさり捨てて、何者でもない自分になる。

そうなる前に、すべきことがあるはずだ。

理久は首を振った。

「……その前に、ちゃんと話さないと」

いったい自分の何が悪くて、何が足りなくて、「父」を失望させたのか。

父が失望した以上、母も自分を必要としないのか。

そして……父の失望の裏にあるもの。

「僕は、北川さんが言ったことが引っかかるんです」

殺される、と物騒なことを北川は言った。

意識していなかったがすでに身体の具合が悪かったところを父に叱責（しっせき）され、直後に北川にそんなことを言われてパニックになり家を飛び出してしまったけれど、落ち着いて考えてみると、真意を確かめなくてはいけない、とも思う。

「……一度、戻ります」

理久の言葉を、最終的な結論と理解したのだろう。

「うん、それでこそお前だ」

志津原は真面目な顔で頷き、理久の両脇に腕を差し入れ、理久ごと浴槽から立ち上がった。

「では、俺も一緒に行こう」

「え……？」

それは、嬉しいし心強いが、宮部の父は志津原を嫌っているはずだ。

大丈夫なのだろうか。

志津原はバスタオルを取って理久の身体を拭きながら、にっと笑った。

「お前が昨夜どこにいたかは、どうせいつかは知れる。それに俺も、両家の確執をこのまま放っておきたくない。俺自身のためにも、一緒に行かせてくれ」

志津原の言葉が理久には嬉しい。

そして、志津原自身が理久の父と話すことを必要としているのなら、拒否する理由は理久にはない。

「お願いします」

理久がそう言って志津原を見上げると、志津原は頷き……そして優しく、理久の額に口付けた。

志津原は一分の隙（すき）もない身支度を整えた。

グレーの三つ揃いにグリーン系のネクタイ。髪はきちんと撫でつけている。

時計やタイピンなど見る人が見れば職人技の高級品とわかるもので、成り上がりではない名家の人間であり、そして経営者だと感じさせる。

そんな志津原に見とれつつ理久が身につけたのは、昨夜着ていた自分の服だ。

理久が寝ている間に、ちゃんと洗濯しておいてくれたものだ。

学院ではひととおり「家事の手伝い」程度のことは教えられるが、志津原はさらに進んで、一人暮らしを完璧（かんぺき）にできるスキルを身につけ、この秘密の部屋を維持しているらしい。

外に出てタクシーを拾うと、真っ直ぐ宮部家に向かう。

門の外でインターホンを鳴らすと、年配の家政婦の遠野が出た。

「あの……理久です」

「理久さま！」

驚いた声とともに門が開き、理久と志津原が玄関まで行くと、母が飛び出してきた。

「理久！　無事で！」

理久の顔を見るなり、母は理久を抱き締めた。

「よかった……！」

ほっとしたような声に、涙が混じっているのがわかった。

そして……優しく接してくれたとはいえ、当然のことながらどこか遠慮がちであったこの人が、はじめて感情を露(あらわ)にし、こんなふうに自分に触れたことに驚く。

心配してくれていたのだ。

嬉しい。

こんなふうに自分を心配してくれる人と、この先も家族でいたい。

だがそれは、可能なのだろうか。

「ごめんなさい……本当に……すみませんでした……」

「いいえ、お父さまと何かあったのでしょう？」

母が理久の顔を覗き込む。

「私にできることは、ある？」

理久は躊躇った。

「……わかりません……ただ僕、ちゃんと、話さないと……」

どこまでこの場で母に話せばいいのだろう。

すると、頃合いを見計らったかのように、少し離れたところに立っていた志津原が一歩進み出た。

「失礼ですが、ご主人はご在宅ですか」

母は今志津原に気付いたように、戸惑いながら尋ねる。

「ええ、本日は在宅しております……あなたは……？」

「志津原と申します。昨夜は私のところに理久くんを泊めました。ご連絡もせず、失礼いたしました」

母ははっとしたように、まじまじと志津原の顔を見つめた。

「志津原さん……ＳＨＩＺグループの……？」

「はい」

「あ……」

母は片手で口元を押さえたが、すぐに気を取り直したように見えた。

「それはご迷惑をおかけしました。主人は書斎におります、すぐに呼びますので、どうぞ」

「いや」

穏やかに、志津原が母を制した。

「ご迷惑でなければ、書斎に伺います」

その、どこか有無を言わせない口調に、客間ではない閉鎖空間が必要な話だと察したのだろう、母は頷いた。

「では……理久、あなたがご案内できる？　何かあったら呼んでちょうだいね」

「はい」

理久は頷いて靴を脱ぎ、志津原も続いて家に入る。

書斎の前でいったん立ち止まると、理久は志津原を見上げた。

志津原が、力づけるように頷く。

理久は一度ゆっくりと深呼吸し、そして扉をノックした。

「なんだ」

不機嫌そうな声が返ってくる。

「あの……理久、です……ただいま戻りました」

理久がなんとかそう声を押し出すと、荒々しい足音が聞こえ、内側に勢いよく扉が開いた。

「お前は——！」

父は怒りの形相で、理久の襟元を掴む。

「どういうつもりだ！　うかつに警察沙汰にもできないことを承知の上で、こんな——」

「失礼」

志津原がすっと腕を伸ばし、理久の首のあたりにある父の手を掴む。

父の顔色が変わった。

「……どうして……ここに」

「昨夜、理久くんは私がお預かりしていました」

志津原は穏やかにそう言いつつも、父の手首を強い力で押さえ、父の手がじりじりと開いて、理久の襟を放す。

「お話があって、伺いました」

父は唇を噛み、志津原と理久を交互に睨みつけ……そして、ふうっと息をついた。

「いいだろう。入りなさい」

そう言って向きを変え、書斎の中のソファに、どっかりと腰をおろす。

志津原が理久の背中に手をあて、その掌の大きさに励まされながら、理久は書斎に一歩入ろうとして、視界の隅に何かよぎったような気がした。

廊下の向こうに人影があったが、すぐに引っ込んでしまう。

家政婦の北川のような気がして気になったが、とにかく今は父と話をしなければ、と思い書斎に入った。

書斎には大きなデスクの前に、一人がけのソファがふたつ、小さなテーブルを挟んで向かい合って置かれている。

その片方に父が座っている。

理久は志津原と並んで、その父の前に立った。

「で？　どういうことだ？」

父は不機嫌そうに、座れとも言わずに二人を睨む。

父としては、「志津原に近付く」という理久への指令が、奇妙なかたちで実現されたように見えて、真意を知りたいのだろう。

理久はごくりと唾を呑んだ。

とにかく最初の一言は、志津原ではなく、理久が言うと決めている。

「志津原さんに……すべてお話ししました」

理久は思い切って言った。

「なんだと？」

父が眉を寄せる。

「どういうことだ？」

「お父さんから……志津原さんに近付くように、指示されたことを、お話ししました」

「お前は！」

ソファから飛び上がるように父が立ち上がった。

顔に血が上って真っ赤になっている。

「私を裏切ったのか！　この役立たずめが！」

わなわなと震える拳を握り締める。

「所詮、そんなものか！　この家のために役に立つつもりなどなかったのだな！　お前などこの家にはもう必要ない！」

理久は唇を噛み締めた。

こんなふうに……自分を否定されるのは、辛い。

この家で役に立ちたいと、ここが自分の居場所だと思っただけになおさらだ。

だが……父の求めるような行動が自分にはできなかったのだから仕方がない。

だが、どうしても言いたいことがある。

「僕は……お役に立ちたいと、思いました……でもそれは、不合理なことに……ただただ言いなりになることじゃなくて……か、身体を使った……スパイのようなことじゃなくて……そんな、卑劣な手段の手先になりたかったんじゃ、ないんです」

声が震えるが、言うべきことは言ってしまわなくては。

「そんな手段を使わなくても、役立てる存在でありたかったんです……！」

後継者として。

いずれ家を、事業を、引き継ぐ存在として。

学院はそのためにあるのだし、理久はそのために教育されてきた。

この家の役に立ちたい。

それは、奴隷のような忠誠心とは違う。

「僕は、間違っていることは間違っていると言える存在でありたかったんです……！」

「黙れ、黙れ、黙れ！」

父の両手が理久の両肩を摑んで、前後に揺すった。

「お前の言うことなど聞きたくない！　口を閉じろ！」

その、父の瞳に……何か、尋常ではないものが見えたような気がして、理久はぞくりとした。

怖い。

あの男は、息子が死んでも平気なのだ、と。

ここにいたら、殺されてしまう、と。

北川の言葉が脳裏に蘇る。

だが、真実を知りたい。

そして、傍らに立っている志津原の存在が、理久を励ます。

「黙らなければ、僕を殺すんですか」

ゆっくりとそう言うと、父の顔色が変わった。

「――なんだと？」

「思い通りにならなかったら、僕を殺すんですか……？　この家には、そうやっていなくなった、僕以外の息子がいるんですか……？」

そうだとしたら、悲しい。

あまりにも……その以前の「息子」も、自分も、そしてこの「父」という人自身も、あまりにも悲しすぎる……！

「ば、ばかなことを……」

父が理久の肩から手を放す。

「いったいお前は、なんの話を」

「それを、知りたいと私も理久くんも思っているのです」

それまで黙って二人の様子を見ていた志津原が、静かに口を開いた。

「だから今日、私も一緒に伺ったのです」

父はきっと志津原を睨んだ。

「……それで？　こいつから話を聞いて、お前はどういうつもりでこの家に乗り込んできた？　これはあくまでも親子の問題だ。他人に口を出される筋合いはない」

それでもなんとか、理久と「本当の親子」であるという体裁は繕わなくてはと感じているのか、そんなことを言う。

「それとも」

父ははっと何かに思い当たった様子で言った。

「まさか、こいつは……自分の素性のことも、言ったのか？」

「いや……」

「そんなのは戯言だ！」

何か言おうとした志津原に、父が激しい口調で被せる。

「そんな戯言を信じる人間がどこにいる？　子どものばかな空想の話で、私の弱みを握ったとでもいうつもりか。そしてお前の父親と同じように陰険で卑怯なやり方で、私を脅しにでも来たか？　そちらがそのつもりなら、こちらはお前を誘拐罪で訴えることもできるんだぞ！」

理久と同じ「素性」を持った志津原に対し、父が必死に取り繕おうとしているのが痛々しい。

「お父さん、志津原さんは——」

「黙れ！　お父さんなどと呼ぶな！」

父が激高したとき——

ふいに、書斎の扉がノックされ、父ははっとして言葉を止めた。

「誰だ！」

「……お客さまに、お茶をお持ちしました」

この場にはあまりにも不似合いな声の主は……

北川だ。

理久がそれに気付いたときには、

「茶だと！」

かっとなった父が、ずかずかと絨毯を踏んで扉に突進し、開けた。

「この部屋に近付くな——」

「危ない！」

志津原が叫ぶのと、その身体が素早く動くのを、理久は呆然と見ていた。

北川の手にあったのは、お茶が載ったトレイなどではなく、包丁だったのだ。

父に向けた切っ先と父の身体の間に、志津原が割って入ったのが、スローモーションのように見える。

志津原の片手が包丁を持った北川の手を掴もうとし、父を背後に突き飛ばすように押しのけたのを見て、理久の身体もとっさに動いた。

背後に転び、倒れそうになった父を受けとめ、そのまま自分がクッションになって、絨毯の上に転がる。

「や——」

沈黙を破ったのは、北川の叫び声だった。

「いや、離して、放して、その男を殺さないと、息子が殺される——！」

「……落ち着くんだ」

志津原がそう言って、北川の手から包丁をもぎ取る。

北川は絨毯の上に泣き崩れた。

「息子が、息子が……っ」

その様子を呆然と見ていた父が、はっと半ば自分の下敷きになっていた理久に気付き、急いで身体を起こすと……

「それは、去年亡くなった息子さんのことか」

静かな声で、北川に尋ねた。

北川がはっと顔を上げる。

「知って……」

「うちの本社にいて、病欠のあと亡くなった北川くんのことは知っているし、それがあなたの息子さんだということも、知っている」

父は静かに答えた。

そのとき、廊下にぱたぱたと足音がして、母と遠野が姿を見せた。

母はその場の様子と、志津原が手にしている包丁を見てぎょっとして口に手を当てた。

「これは……あなた、どういう……」

真っ青になりながらも、素早く、誰か怪我をしていないか確かめるように、全員に視線を走らせる。

「け、警察を」

遠野が慌てて踵(きびす)を返そうとしたが、

「待て！」

父が呼び止め、首を振る。

「警察は必要ない。北川さん」

ゆっくりと立ち上がり、北川の前に片膝をつくと、その肩に手を置いた。

「半年前、あなたが家政婦事業所を通じて応募してきたとき、息子さんのことは何も言わなかったね。だがうちでは一応、家に入る人のことは調べさせてもらっている。息子さんがうちの会社にいたことは言いたくない理由があるのだろうと思った。そして、母一人子一人だったあなたが息子さんを失い、働く場を求めているのなら、息子さんの元雇用主として、できる限りのことはしたいと思い、働いてもらうことにした」

理久は驚いて、父の背中を見つめていた。

父の声は穏やかで落ち着いている。そして声音の中に、抑えた苦悩がある。

さきほどまで理久を罵(ののし)っていた人とは別人のようだ。

「あなたはもしかすると……息子さんの死は、私に責任があると思い、私に復讐(ふくしゅう)しようと思っていたのだろうか」

北川がのろのろと顔を上げ……その目から、涙が溢れた。

「む、息子は、パワハラでうつになって、休職して、それから病気になって死んだんです……！　でもパワハラのことを訴えても、会社では取り合ってくれなかった。私にはもうどうしようもないと思って……息子の看病で前の仕事を辞めたので、次を探さなくちゃいけなくて……ここを紹介されたのは偶然で……」

しゃくりあげながら、必死に話す。

「諦めなくちゃと思ったんです、息子のことは。でも……遠くで育った理久さまがこの家に戻ってきて……」

自分の名前が出たので、理久はどきっとした。

北川が理久を見て、眉をハの字にする。

「どこか、息子と似ているんです……息子は繊細で、気弱ですけど芯はしっかりしてて、優しくて、一生懸命で……そんな理久さまを旦那さまが怒鳴っているのを聞いたら、息子が怒鳴られて、パワハラを受けているような気がして……パワハラで殺されてしまう、守らなくちゃ、私が守らなくちゃと思って……」

あの「殺される」というのは、そういう意味だったのか。

息子というのは……この家にいた別な息子ではなくて、北川自身の息子のことだったのだ。

北川はパニックを起こし、一時的に錯乱して、理久と自分の息子を混同していたのだろうか。

それでも、父が実際に誰かを「殺した」わけではない、ということにほっとする。

その父は、唇を噛んで辛そうに北川の言葉を聞いていたが、やがて低い声で言った。

「辛い思いをさせて、申し訳なかった」

そう言って、北川を助け起こし、一緒に立ち上がると、真っ直ぐに北川の目を見つめる。

「パワハラという言葉は、私のところまでは上がってきていなかった。息子さんのことは、直接知っている部下ではなかったし、間接的に病死だとしか聞かされていなかった。それなりの見舞いはしたつもりだったが、それはあなたにとって、満足のいくものではなかっただろう」

「旦那さま……！　申し……申し訳……」

北川が嗚咽（おえつ）を漏らす。

「謝るのはこちらだ。すべてはトップに立つ私の責任だ。息子さんのことについては、責任を持って調べ直す。約束します」

その、苦悩を帯びた、しかししっかりとした言葉は、上に立つ者としての責任感と、正義感に裏付けられているのが、理久にははっきりとわかった。

父は、本当はこういう人なのだ。

「遠野さん」

父は、もう一人の家政婦を呼んだ。

「北川さんを、どこか静かなところで落ち着かせてやってくれ」

「かしこまりました」

年配の家政婦は状況を飲み込んだ様子で、父の手から北川を引き取り、書斎の外に出て行く。

その姿を見送って、母が内側から静かに書斎の扉を閉めた。

父は改めて理久を振り返った。

「……私の下敷きになってしまったな。大丈夫だったか」

急に老け込んだような、疲れた声音に、理久は戸惑った。

「は、はい」

「それから……志津原さん」

父は志津原を見る。

「あなたは、私の命を救ってくれたことになる。感謝する」

「いえ」

志津原は首を振って、ポケットからハンカチを取り出して包丁を包む。

包丁が見えなくなると、ようやくその場の緊張感がわずかにやわらいだ。

「結局私は、志津原にも、志津原の息子にも、勝てない……そういうことだな」

父は深くため息をつき、そして頰に自嘲するような笑みを浮かべた。

「……もういい、今さら理久を戻すわけにはいかないのだから理久はこの家の息子として好きにすればいいし、志津原さんもうちを潰したければ潰せばいい……会社が残って、従業員の生活が守られれば、私の立場などもう――」

「待ってください」

志津原が遮る。

「誤解があるようだ。私は、あなたに含むところなど何もない。ただ、両家の確執の原因を知り、それを取り除きたい。そう思ってここに来たのです」

父は驚いたように志津原を見た。

「父親から……聞いていないのか」

「ええ、何も」

志津原が頷くと……

「私のせいね?」

扉の前に立っていた母が、そう言って父を見た。

「うすうす、そうではないかと思っていました。志津原さんは、私のことで、ずっとあなたに嫌がらせをしていたのね? そうでしょう?」

理久は驚いて母を見つめた。

「黙りなさい」

父が力なく制したが、母はきっぱりと首を振る。

「いいえ、私に原因があるのだとしたら、私が説明しなくては」

優しい人だが、控えめで自己主張はあまりしないように感じていたこの人が、こんなふうに父に逆らって自分の意見を通そうとしている。

母は志津原に向き直った。

「もう、ずいぶん昔のことです。私は、夫とは幼なじみでした。淡い恋心もありました。けれど女子大時代に志津原さんのお父さまと縁談があり、両親も乗り気で、一時期、婚約寸前まで行くお付き合いをしていたことがあったのです」

父は母の言葉を止めたいようなそぶりを見せたが、すぐに諦めたように俯く。

「年齢も一回り上で、堂々とした自信家の志津原さんに、私も一度は惹かれたのは確かです。でもお付き合いをするうちに、私が描く穏やかな家庭とは相容れない方だと感じるようになりました。そんなときに……夫が、この人が」

母は父を見てかすかに微笑む。

「私を他の人間に取られたくない、と本音をぶつけてくれたのです。そして私は、この人を選んだのです」

「つまり、志津原の父は、宮部氏に、婚約者を奪われた……そういうことですね？」

志津原が尋ねると、母は頷く。

「志津原さんにはお詫び申し上げました。お怒りではありましたが、結納もまだでしたし、最後には諦めてくださったと思っていたのですが……そうじゃなかったのね？」

母は確かめるように父に尋ねる。

「……まあ、仕方ないと思っていた」

父はため息をついた。

「事業の上での嫌がらせは、なるべく損害が出ないように、しかしこちらが譲れるところは譲って、できる限り波風を立てないようにしていたつもりだったが……志津原も巧妙で、こちらが美術館の展示物として目をつけていたものを横から奪い取られた時には、本当に腹が立った」

口惜しそうに唇を嚙み締める。

「しかも、本当にあれが欲しかったわけではなく、私への嫌がらせのためだけに途方もない金額で買い取って、公開もせずにしまい込んでいる……あれは、美術品に対する冒瀆だ。その他にも、我慢できないようなことは山ほどあった」

「……おっしゃってくだされば……」

母が切なげにそう言った。

「何か、あるのだろうとは思っていましたけど……そこまで露骨な嫌がらせをされていたなんて……」

「お前は知る必要のないことだと思っていた。私と志津原の問題だ。それに……私は結局志津原には勝てないのだと感じれば感じるほど、自分に自信がなくなって、お前にそれを知られたくなかったのだ……お前が、志津原を選べばよかったと、思うのではないかと」

父の絞り出すような告白に、母は一瞬言葉を失っていたが、やがて静かに父に歩み寄ると、その両手を自分の手で包んだ。

「私が選んだのは、あなたでしたのに……そんなにあなたが苦しんでいらっしゃると知っていれば、何度でも、志津原さんよりもあなたがいいのです、と申し上げましたのに」

その声が震え、瞳が潤んでいる。

この二人は……本当に心から愛し合っている二人なのだ、と理久にはわかった。

父は母を愛しているからこそ、志津原の父との確執を知らせず、自分だけで立ち向かおうとし……その結果、自信を失ってしまっていたのだ。

だがそれでも、なるべく波風を立てないようにしていたはずの父が、代替わりをした息子の志津原に、理久を使って何か企んだのは、どういうわけなのだろう。

そう考えたとき、志津原が軽く咳払いをした。

「……失礼ですが」

両親が、志津原の存在を改めて思い出したように、はっと視線を志津原に向ける。

「私は本当に、父から何も聞いておりません。父は病で倒れ、今は意思の疎通も難しい状態になっていますが、元気なときにも宮部家とのことは何も聞きませんでした。最近になって過去のことをいろいろ調べて、父がほぼ一方的にあなたに嫌がらせをしていたことはわかりましたが、私がすべてを任されてからは、そういったことはなくなっているはずです。それなのに……どうして今になって、私に対して……今回のようなことを？」

母も「どうして」と尋ねるように父を見る。

父は唇をきつく噛み締めていたが――

「きみの、存在だ……！」

やがて、絞り出すように言った。

「きみが志津原の後継者として登場したとき、私がどれだけ驚いたかわかるか。彼は独身を貫いていた。それは妻のことを忘れられないからだと思い、それが私の負い目になっていた。それなのに突然、優秀な跡取りが現れて……隠し子だと噂された、それはそれでいい、婚外子を引き取って後継者にすることなどよくある話だ、だが」

言葉を切り、そして一気に押し出す。

「きみの年齢が……どう考えても、妻との縁談が進んでいたころに生まれた子ということになる。あの男は妻のことで私に嫌がらせをしながら、そもそもの最初に妻を裏切っていたのだと……そうわかって、どれだけの怒りを覚えたかわかるか！　志津原にも、そして理不尽ではあっても、息子のきみにもだ！」

理久ははっとして、思わず両手で口を押さえた。

違う。

それは……違う。

志津原は、先代の志津原氏の実の息子ではない。

だが……だが、それを理久の口から言うわけにはいかない。

志津原だって、自分が学院出身者だと明かすことは、絶対にしてはいけないことだと……たとえ他人に指摘されても、否定し続けることだと、それは学院を出るときにくどいほどに念押しされているはずだ。

だが、今の場合……

思わず志津原を見上げると、志津原も理久を見つめ、頷いた。

「宮部さん」

静かに、口を開く。

「そういうことでしたら、申し上げます。私は、父の実の子ではありません」

「な……?」

父が驚いて志津原を見つめ返す。

「どういうことだ、確かに息子だと……」

「私も、理久と同じなのです。学院出身です」

志津原の静かな言葉が、父を凍りつかせた。

ぴくりと、眉が動く。

「……きみ、も……?」

「はい」

「きみも、理久と同じ……あそこから来た……」

「そうです、そして実は……私たちは、学院で互いを見知っていたのです」

父は絶句して志津原を見つめ、そして理久を見、また志津原に視線を戻す。

「それじゃ……私は……」

衝撃のあまり、言葉が上手く出てこないように見える。

すると……傍らから、母が静かに言った。

「私には納得できますわ」

志津原の顔を、じっと見つめる。

「志津原さんは、お父さまに似ていらっしゃらない。顔立ちのことではなくて……先代の志津原さんは、基本的に自分以外の人間を信じないところがあって、表面的に穏やかに見せているときでも、瞳の中には怖いような冷たさがありました。私はそういうところを見て、この人とは無理だと思ったのですけど……あなたには、そういう怖さがありませんもの」

顔立ちだけではなく、本質的なところが似ていない。

母にはそれがわかるのだ、と理久は思った。

冷たくしてみせても、志津原の本質は、穏やかで優しく……相手のことを思いやれる人間だということが、母にはわかるのだ。

「……そうか……そういうことか……」

父はがっくりと肩を落とし、そして次の瞬間、笑い出した。

「そういうことか！　それなのに私は、理久を連れて行ったパーティーで理久がきみと知り合い、理久がきみに悪くない印象を持ったとわかり、とっさにその状況を『使える』などと思ってしまったわけだ！　そして、理久にきみを誘惑しろなどと……全く、愚かな……っ」

最後は笑いから泣き声になり、その場に崩れ落ちる。

「そんなことが」

理久が父に指示されていたことをはじめて聞いた母が、辛そうに理久を見つめた。

「ごめんなさいね、私はそんなことにもまるで気付かず……本当に、私たちには親になる資格などなかったのね……」

「そんなっ」

理久が驚いて首を振ると、父も顔を上げて理久を見つめた。

「すべては私が悪い。志津原にやり返すチャンスが来たと思って頭に血が上り、お前を道具のように扱ってしまった……冷静になってみれば、本当にひどいことを押し付けようとしていたのだと、わかる」

理久の胸が熱くなった。

父は、もともと冷酷な人などではなかったのだ。

北川への対処を見ても、それがわかる。

そしてこの、優しい母が父を心から愛している様子を見ても。

父の指示に自分が従えないことは辛かったが、それを恨みに思う気持ちは不思議と湧いてこない。

「僕は……僕はただ、お役に立ちたかったんです」

ようやく、理久はそう言った。

父が顔を歪める。

「お前がそう思っているのはわかった。だがそれにつけ込んだ私の言葉は、ひどすぎたな」

その言葉があまりにも辛そうで、理久は父の前に膝をついて、父を見つめた。

「それは、お父さんが……そういう企みに慣れていない方だからこそ、と思うんです」

そう、きっとそうだ。そういうことだ。

もともと冷酷で、誰かを道具のように扱うことに慣れていれば、いちいち激高して罵ったりせずに、もっと上手いやり方で理久を追い詰め、言うことを聞かせていただろう。

父のある意味「下手さ」加減が、そういうことに慣れていなかったことを表している。

「私は、忘れるところだった」

父が震える手で、理久の手を握る。

「最初にお前をあそこで見たときのことを……条件の合う子どもの中でも、お前は特別に見えた。この……」

傍らにいる母を見る。

「お母さんに顔がよく似ているだけでなく……私がお母さんの中に見ている本質、人の心をやわらげる、その場の空気を明るくする、そういう雰囲気も似ていると思った。お前をうちに引き取って、幸せな家族になりたいと思った。だがその後、私が病気をしたり、事業が一時期危機的な状況になったり、お母さんの親族の複雑な相続問題が続いてなかなかお前を引き取れずにいるうちに、私は最初のそんな思いを忘れて……ただただ、私の後継者として役に立つ存在かどうか、それしか考えなくなっていたのだ」

「それでも、今思い出したわ、その大事なことを」

母が静かに言って、理久を見つめた。

「理久……お父さまを許してくれる？　そして改めて、私たちの本当の息子に、家族になってくれる？」

理久の視界が潤んだ。

家族になりたい、この人たちと。

改めて、心から、そう思う。

だがその瞬間、理久はそれを言葉に出す前に、言わなくてはいけないことがあるのだと気付いた。

それは――

理久の喉に大きな塊がつかえ、息苦しさを覚えた、そのとき。

書斎の扉がノックされた。

理久たちが全員はっとして顔を上げると、一番近い位置に立っていた志津原が扉を半分開ける。

遠野の声が聞こえた。

「お客さまが……藤倉さまとおっしゃっていますが、お約束はないそうで……」

「入れてください、私が呼びました」

志津原が躊躇いなく答え、扉を閉めて理久たちを見る。

「もしかしたら必要かと思ったので……学院の人間です、何か問題が起きたときの調整役です」

調整役……そんな人間がいるのか、と理久は驚いた。

「そういえば……そんな話も聞いたが」

父が怪訝そうに言いながら立ち上がり、母にも手を貸す。

「こちらからの連絡先などは知らされていなかった」

「ええ、たいていは必要と判断した場合に、あちらからコンタクトを取ってくるので」

志津原が言っている間に、廊下に足音が聞こえ、志津原は扉を開けて、一人の男を招き入れた。

志津原とあまり変わらない年齢に見える、地味なスーツ姿の男だ。

眼鏡をかけ、その眼鏡に前髪がかかって、印象の薄い雰囲気。

「遅い」

志津原が男に向かって小声で言うと、

「そうは思いません」

男はそう言って、部屋の中まで進んだ。

「藤倉と申します。問題が起きた場合の調整役です。お話をお伺いできればと思い、突然お邪魔いたしました」

素っ気ないと思えるほど淡々とした言葉だが、それが、言いかけていた言葉を呑み込んでいた理久の心を、もう一度落ち着かせてくれる。

この人が調整役だというのなら、この人の前で、言わなくてはいけないのだ。

「それはご足労をおかけした」

父も気を取り直したようで、片手を差し出す。

「はじめまして、よろしく」

藤倉という男は軽く父の手を握り返した。

「はじめまして……というわけでもないのですが。あなたが理久くんを最初に同伴なさったパーティーで、他の人に紛(まぎ)れてですがご挨拶させていただいています」

それは……理久と志津原の、「初対面」のときだ。

「……そうでしたか」

父は不思議そうだ。

「一度お会いした人を忘れることはあまりないのだが……失礼した」

「いいえ。理久くんにはその後も一度会っているが、覚えていないだろうね」

理久も驚いて、もう一度男の顔をまじまじと見る。

初対面のような気もするし、そうでないような気もするし、なんというか……こうして見つめていても、視線が上滑りするというか、印象をしっかりと摑めない不思議な雰囲気だ。

「どこで……お会いしたでしょう」

「昨日、きみがこの家を飛び出したとき、道に出る手前でぶつかったのだが……まあ顔など見ていなかっただろう」

そういえば、表通りに出る前に、誰かスーツ姿の男とぶつかった気がする。

「それで、俺に理久を探して保護しろと連絡してきたわけだ」

志津原が補足する。

そういうことだったのか、と理久は思った。

それで志津原が、心当たりの場所に、理久を探しに来てくれたのだ……！

「さて」

藤倉は父に向き直った。

「一応、確認させていただきます。理久くんを家族として迎え入れてくださった、そのお気持ちに変わりはありませんか。学院では、後戻りのできない関係として生徒を送り出していますが、どうしても修復できない状況に陥った場合にのみ、特例として白紙に戻すことも可能です」

「そんなことは……聞いていないが」

父は驚いた様子だ。

「もちろん、必要ない、理久は私たちの息子として、この家に留まる。そうだね？」

理久に確認をしたので、理久は固まった。

自分はまだ、一番重要なことを、両親に告げていない。

今のままでは、この家に留まると、はっきり返事をすることはできない。

もしその結果、両親がやはり理久を息子にしておくことはできないと判断したら？

どのような処置が取られるのだろう？

「……あの」

理久はおずおずと尋ねた。

「もしだめな場合は……いったい……」

藤倉は表情を変えずに言った。

「不幸にしてそういう状況になった場合は、宮部理久という人間はいったん死亡したことになり、きみには改めて新しい身分が与えられることになる。年齢からいってもその場合は、もう一度どこかの家に引き取られるということにはならず、きみには一人で生きていく術(すべ)が提示される。そんな例はほとんどないが、皆無というわけでもない」

淡々とした説明だが、それは「学院」という存在の、裏側にある負の側面だという気もする。

そしてそれは、もしかしたら一瞬後の自分の運命かも知れないのだ。

それでも……黙っていることはできない。

理久は、志津原を見た。

これは、自分だけの問題ではない、志津原も関係することだ。

志津原もじっと理久の様子を見ていて、理久が何を言うつもりなのか理解していたのだろう、ゆっくりと頷いた。

言っていい、言うべきだ、と……志津原も思っているのだ。

理久は、深呼吸をした。

「僕……どうしても、言わなくてはいけないことがあります」

父と母が、驚いたように理久を見つめる。

「理久……?」

母の声が震えている。

自分たちが理久を望んでも、理久の方が拒絶するかもしれないと、それを怖れているのがわかる。

「僕は……宮部家の子どもとして、後継者として、ふさわしくない人間ではないかと、思います」

「そんなこと――」

母が言いかけるのを、父が「続きを聞こう」というように遮る。

志津原がゆっくりと理久の背後に立って、理久の背中に手を当ててくれた。

理久を支え、励ましてくれる、温かく大きな手。

「僕は、志津原さんに近付いて……誘惑して、弱点を探り出せと言われたことが、辛かった。その、辛かった本当の理由は……」

一気に、言葉を押し出す。

「志津原さんが好きだから、なんです」

――言った。

言わなくては、いけなかった。

これを言わずにこの家の息子であり続けることは、両親への裏切りだ。

「志津原さんが好きで……この先もきっと……他の人を好きになることなんて……絶対にないと、思うんです」

父も母も、無言だった。

志津原が一歩進み出る。

「私も、同じ気持ちです。私にとっても、理久は大切な人間で、なくてはならない存在です」

志津原の言葉が嬉しい。

もし……自分が宮部理久ではない、別な存在になっても、自分を受け止めてくれる人がいる。

だがそれでも、この家の子どもでなくなること、今日ようやく心から家族になりたいと思った二人との関係が「なかったこと」になるのは、辛い。

一度死んだことになったら、どういう自分に生まれ変わるのだろう？

二度と、自分を必要としてくれる場所は現れないのだろうか？

志津原の庇護がなければ生きていけなくなってしまうのだろうか？

一人の人間として、自分の立ち位置があってこそ、志津原の傍らに立ち、時には志津原の支えになり、安らぎになれるのではないだろうか。

その立ち位置が存在しなくなったら……？

あの、美術館にあった馬の絵で言うなら、下半分が消えてしまうような、水に映った部分が完全になくなってしまうような感じだ。

しっかり立っていると思った地面が、かたちのないものになって崩れていくような。

自分自身の大事な部分が失われてしまうような恐怖感。

それでも……自分は志津原とのことを黙っていることはできなかったし、それで宮部の両親がどういう結論を出そうとも、受け入れなくてはいけない。

沈黙ののち――

最初に口を開いたのは、母だった。

「理久が志津原さんを好きなら、どうして理久はこの家にふさわしくないと、思うの？」

優しい、やわらかな口調。

理久は、母の言っていることがわからず、母を見つめ返した。

母が、父を見る。

「ねえあなた、自分の息子が、志津原さんを好きだと言っているとして、息子が息子でなくなってしまうと思う？」

「だ、だって、あの」

理久は、母が理解していないのではないかと思い、慌てて言った。

「この先、僕は宮部家のために、結婚して……その、子どもを作って……っていうことが……できるとは……」

「だから？」

母は穏やかな瞳で理久を見つめ、微笑んだ。

「子どもは、私たちにもできなかったわ。でも私たちは夫婦であり続けたし、そしてあなたという子が来てくれた。息子が好きな人が同性だったら、それは驚くし戸惑うのが親でしょう。でも、そういう子どもを肯定し、応援するのも親じゃないのかしら？」

そう言って、もう一度、夫を見る。

「あなたのお考えは？」

父は、母と視線を合わせ……それから理久を見つめ、咳払いした。

「それは……今言わなくてはいけないことだったのか？　黙っていることも可能だったんじゃないか？」

どういう意味で、そう尋ねるのだろうと思いながら、理久は頷いた。

「つまりそれは、お前が私たちを騙すようなことはしたくないと、思ったからだな？」

もう一度、頷く。

すると父は、ふうっとため息をついた。

「そういう……正直さや、理不尽なことで言いなりになりたくないという真っ直ぐな正義感が……私には眩しいな」

傍らの母を見る。

「そして、私たちに必要なのは、そういう、誇れる部分を持った息子なのだな」

母が微笑んだ。

「あなた、それではわかりにくいわ。つまり？」

「つまり、私はありのままのお前を、息子として受け入れたい。お前がその……こんな親でいいと思ってくれるならば、だが」

父が理久に歩み寄って、両手を差し出す。

「改めて……うちの息子になってくれるか、理久」

志津原の手が、そっと理久の背中を押す。

理久は震える足で、一歩踏み出した。

「いい……いいんですか……？　本当に……僕で……？」

「お前がいいんだよ」

父の目元が、わずかに赤くなっている。

「私を……自分の愚かさに気付かせてくれ、黙っていればわからなかったであろうことを、正直に打ち明けてくれる、そして何より、私たちの息子でいたいと思ってくれている……これ以上の息子など、望めるわけがない……！」

父が母を振り返る。

「お前も、そうだな？」

「私には、最初から、理久以外の息子はいなかったわ」

母が微笑んだ瞬間、理久の胸の中で熱いものが決壊し、涙が溢れ出た。

受け入れてくれるのだ。

志津原のことを好きな自分を、ありのままの自分を。

「お父さ……お母、さん……！」

「理久……！」

母が理久を抱き締め、その二人を父の腕が抱き締める。

その、力強さ、温かさ。

ようやく、家族としての本当のスタートラインに立てたのだ……！

穏やかな幸福感と安心感が理久を包み、昂（たか）ぶっていた感情が、ゆっくりと静まっていく。

それを見定めたかのようなタイミングで、藤倉の声がした。

「改めて……問題は解決した、ということでよろしいですね？」

理久たちははっと顔を上げ、藤倉を見る。

「ああ、もちろんだ」

父が応えると、藤倉は頷いた。

「お二人が理久くんを見ていた時間の長さや、あらゆる相性テストの結果から、問題が生じても解決はきっと可能だと思っていました」

志津原も、藤倉の傍らで、嬉しそうに目を細めている。

「それでは今さら申し上げる必要もないかと思いますが、一点だけ」

藤倉は改まった口調になった。

「理久くんには、性オプションのご要望があったので受けさせました。ただ、事前にも申し上げたとおり、これは何も知らずに世間に出て傷つくことを防ぐための、本人のためのオプ

ションです。学院は、男娼を養成しているのではありません」

「ああ、それはもちろんだ、私は恥じ入るばかりだ。そもそも理久を本当の息子だと思っていれば、あんなことは要求しなかったはずなのだ」

父が俯く。

「それと」

藤倉が続ける。

「学院はもちろん、同性との関係を奨励しているわけでもありません。この二人がそういう関係になってしまったことは、学院としては本意ではありませんが」

藤倉は真面目な顔で、志津原と理久を見やった。

「恋愛は……感情ばかりは、私たちにもどうにもならないことですから」

それまで黙って成り行きを見守っていた志津原が、吹き出した。

「大真面目に、そういうことを言うのか」

「大真面目なことですから」

にこりともせずに、藤倉が応える。

「それは、了解した、もちろんだ」

父が落ち着いた様子で言った。

「それに、そもそも志津原家と宮部家はこじれにこじれているのだ。その両家にこういう決着は、むしろ……ふさわしいのかもしれない」

そういうふうに、父は自分を納得させてくれたのだと、理久は嬉しくなる。

藤倉はその場にいる全員を見渡した。

「それでは……他に問題はないようでしたら、私はこれで」

「待て」

頭を下げて出て行きかけた藤倉を、志津原が止めた。

「何か？」

藤倉が立ち止まる。

「ついでにひとつ、頼みたいことがある。きみは両家についての相当量の情報を持っているはずだ。宮部家と志津原家の確執は、財界にいい影響を与えているとは言えない。だから、両家の私的な和解をオープンに、誰の目にもわかる状況で、しかし不自然ではない状態で知らしめたいのだが、きみが持っている情報の中から何かいい方法を思いつくんじゃないか」

「……ないことは、ないですね」

藤倉はそう言って、父を見る。

「宮部さんも、それをご希望ですか？」

「あ……もちろん、それが可能なら。業務提携などの方法もあるかもしれないが、どちらかというと、企業としてではなく私人としての部分で、和解を印象づけるというのは、確かにいい考えだと思う」

父も志津原の意見に賛成する。

「でしたら」

藤倉は、頭の中に整理された引き出しから、苦もなく何かを探し出したらしい。

「近々、宮部美術館で、企画展のオープニングセレモニーがありますね」

それは、理久を美術館に連れて行き、美術館の関係者と引き合わせる場になると言われているイベントだ。

「志津原家が秘蔵しているクレールのステンドグラスを宮部美術館に寄付すると、併せてその場で発表し、特別室で単独展示をしては？」

志津原がはっとする。

「父が、宮部さんへの嫌がらせで入手し、公開もしていない、あれを？」

「あれを」

父も驚いた様子で繰り返す。

「それは……願ってもないことだが……志津原家は相当無茶な金額であれを手に入れたはずだ。そんなかたちで手放すのは……」

「喜んで寄付します」

志津原がきっぱり言った。

「あれをどうするかは、私の一存で決められます。あれを宮部美術館に寄付することで、宮部さんがこれまでの父の所行をお許しくださるのでしたら」

志津原はそう言ってから、理久を見て微笑む。

「そして、理久くんとの交際をご両親にお許しいただくご挨拶の品にさせていただければ」

「あ……」

絶句した父に代わって、母が答えた。

「でも、理久を私たちの手元から連れ去ってはしまわないでくださいね。私たちにはこれから、親子としての時間が必要なのですから」

「もちろんです」

志津原が真剣に答え、理久を見る。

理久は、どこか呆然としてそのやりとりを聞いていた。

つまり……もうこれで、何も心配しなくていい。

自分は宮部家の子どもとなり、志津原とも、離れなくていい。

そして思いがけず、両家の長年の確執にも終止符が打たれた。

こんなふうに決着がつくなんて、想像もできなかった。

志津原のおかげで。

そして、心から父と呼び母と呼べる人のおかげで。

幸福だ……自分は幸福だ、そう実感した瞬間、理久の目に涙が滲む。

「泣くな」

志津原が微笑んで理久の肩を抱いた瞬間、頬に涙が溢れ出して、止まらなくなってしまった。


数日後、理久と志津原、そして藤倉の三人は、志津原の「隠れ家」であるマンションのリビングにいた。

藤倉が、殺風景と紙一重の、シンプルなしつらえの部屋を見回した。

「ここは、内密の話ができる空間ですか？　私は普段、秘密保持に特化したレンタル会議室を使っているのですが」

藤倉の立場だと、学院に関係することを誰にも知られないよう、そういう心配を常にしているのだろう。

「心配はない、確かだ」

志津原がきっぱり言ったので、藤倉は頷いた。

藤倉と志津原が向かい合い、そして理久は志津原の隣に座っている。

「では、理久くん」

藤倉が、理久を見た。

「先日の美術館のセレモニーも無事済んだわけだが、生活は落ち着いたかな」

「はい」

理久は頷いた。

企画展はもともと話題性の高いものだったし、そこに、宮部美術館が柱に据えているクレールという彫刻家が生涯で唯一制作したステンドグラスも加わることになって、マスコミの注目度も高いセレモニーとなった。

志津原もそのステンドグラスを寄付した人間として出席し、人々に、長年謎の確執があった両家の和解を印象づけた。

そして父は跡取りとしての理久を人々に誇らしげに紹介した。

事業のほうは世襲にこだわらず、いずれは能力のある別な人間に託すことも考えており、息子には、宮部家が受け継いできた文化的な財産を守っていく役割を担ってもらうことも考えている……父の言葉は、理久自身も「そうありたい」と思うものだった。

家の中もすっかり落ち着いた。

北川は辞職を申し出、父はかなりの退職金を払うと申し出たが、北川はそれを断った。

息子のパワハラ問題に関しては調査が進んでおり、一人の上司が特定されつつある。北川はその結果を待って、相手が謝罪さえしてくれればそれでいい、と言っている。

北川がいなくなって、別な家政婦がもう一人やってきて、その家政婦にとっては、理久はもう「勤め先に最初からいる一人息子」だ。

両親とは、食卓でも穏やかな会話が増え、そして三人での外出もあり、理久と両親はゆっくりと、互いを知り、理解を深めつつある。

父は憑き物が落ちたように、優しさと厳しさを兼ね備えた、頼りがいのある、そして尊敬できる人になった。

間もなく、理久の大学生としての生活もスタートする。

宮部理久としての世界は、ゆっくりと確実に広がっていくだろう。

そして、志津原とも……自由に会える。

もちろん、志津原の仕事とか、理久の勉強とか、そういった「やるべきこと」を互いに果たしながらだが、理久にとっては充分すぎるほどの幸福な時間だ。

「収まるところに、すべてがきちんと収まったようで、安心しました」

藤倉は言った。

「今回は、こちらとしてもあってはならないミスが重なったことになるので、それを改めてお二人に謝りたかったのです」

「ミス、ですか……?」

理久が尋ねると、藤倉は頷いた。

「お二人が、以前に当番で接点があったのを把握していなかったこと、そしてそれを事前に確認せずに、オプション担当を決めたこと。それに、そのオプション相手の家が、よりによって確執の相手であったことなどが、事態を複雑にしたと思っているので」

藤倉の言葉に、志津原がくっと笑う。

「まあ……ミスなのかもしれないが、防ぎようのない偶然でもあったと思う。だとしたらこれは、なるべくしてなったことだし、終わりよければすべてよし、ということでいいんじゃないか？」

理久を見て、微笑む。

「少なくとも、結果についてはなんの文句もないな？」

志津原は、実はこんなふうに、とても優しく微笑むことができる人なのだ、と理久は改めて思う。

冷静で落ち着いた、浮ついたところの全くない若き経営者としての顔の裏には、穏やかで優しい顔があって、そしてそれを見ることができるのは自分だけなのだということが、嬉しい。

藤倉は表情を変えない。

「結果が吉と出たのも、いわば偶然ですから。こちらとしてはミスをきちんと検証し、反省しなくてはと思っております。こういうミスが、学院出身者の不幸に繋がることは許されません。私たちの目的は、常にそこにありますから」

その言葉が、理久の胸に重く響いた。

後継者を必要としている家に、後継者を提供する。

御曹司養成所。

それが学院の存在理由だが、それは事務的な冷たい機能ではなく、互いを必要としている両者を引き合わせ、双方が満足する結果になることを求めている。

だがそれでも、百パーセントではないだろう。

マッチングのミス、というものは皆無ではないのだろう。

そういう場合に藤倉のような調整役が出てきて解決できればいいが、そうでなければ……白紙に戻す、という事態になるわけだ。

もしかしたら、自分がそうなったかもしれないように。

実際、そういう例はどれくらいあるのだろう。

「今まで……うまくいかなかった人も……いるんですよね？」

理久は尋ねた。

答えてもらえないかもしれないが、知りたい。

すると藤倉は、表情を変えず、あっさりと言った。

「ええ、ここに一人」

「え？」

ここに……理久でも、志津原でもなく、ということは……？

「私自身が、不適合……マッチングミスと判断されたケースになる」

理久は息を呑んだ。

藤倉が、藤倉自身が……？

「その結果私は学院に戻り、職員としてこういう立場になったが、結果的にそれはよかったと思っている。この仕事は私に向いているし、やりがいもある」

口調も、表情も、変わらず淡々としている。

結果的によかったというのは、本音なのだろう。

だがそれでも、その「不適合」という状況は、辛くなかったわけがない。

感情を完全に抑えた、淡々とした表情の奥に、乗り越えなくてはいけなかったどれだけの辛い思いが隠れているのだろう。

そう考えると、胸が詰まるような気がする。

「きみがそんな悲しそうな顔をすることはない」

藤倉がそう言って、志津原を見た。

「こういう共感力が、彼の魅力ということでしょうか」

「魅力のひとつ、だな」

志津原が頷いて、理久の肩を抱き寄せる。

「理久、大丈夫だ、わかりにくい顔をしているが、もともとこういう顔でね。実際、今の状況に満足しているし、幸福なはずだ」

もともとこういう顔、というのは……

「もしかして、前から知っているんですか……？」

はたと気付いて理久が尋ねると、志津原が笑った。

「学院で同学年だった。かなり早くにいなくなったが。俺が志津原家に引き取られたあと、オーバーワークで壊れかけたとき、調整役として現れたのがこいつで、驚いた」

志津原にもそんなことがあったのか、と理久は驚くばかりだ。

「私の最初の仕事でした」

藤倉は頷き、そのときのことを思い出すかのように沈黙していたが……

やがてゆっくりと立ち上がった。

「私の話はいいでしょう。私はこれで失礼します。何かあったら、学院を通じて連絡を。でも、もうその必要はないと確信しています」

理久もはっとして立ち上がる。

「ありがとう、ございました……いろいろ」

藤倉の存在は、思いがけず、心強いものだった。

何かあれば頼っていい……だが、そんな事態は起きない方がいい。

おそらく、二度とこの人と会うことはないのだろう。

「お元気で」

「きみも」

藤倉は頷き、志津原が無言で差し出した手を軽く握ると、そのまま部屋を出て行く。

志津原が後を追い、やはり無言で藤倉を送り出して鍵を閉め、リビングに戻ってきた。

「理久」

志津原が両腕を広げ、理久はその胸に抱き締められる。

「終わったな、全部。そして始まった」

志津原の胸に頬をつけたまま、理久は頷く。

「だが……忘れる必要はない。俺たちは確かにあそこにいたんだし、俺とお前はあそこで出会ったんだから」

そう言って、志津原は理久を抱く腕を緩めた。

理久が志津原を見上げると、志津原の瞳に、甘いものがある。

「理久、ひとつ約束をしよう」

「約束？」

「契約……と言ってもいいかもしれない」

志津原は微笑む。

「学院が絡むとすべてが契約だ。どこかの家に引き取られることも、守秘義務も。俺がオプションの指導を引き受けるときも、契約書があった。だが、お前と俺の間の契約に書類は必要ないと思う……ただ、互いが互いを大切に思い、この先も二人で幸せな時間を紡いでいこう、という約束には」

理久が、そして志津原がはじめて経験する「恋」というものを、明確に言葉に表すと、そういうことになるのだ。

それは、約束であり、書類のない契約だと思うと、とても神聖な感じがする。

「はい」

理久が神妙な気持ちで頷くと、志津原の笑みが深まった。

「ところで、お前、最初に会ったときのことを全部覚えているか？」

「も、もちろんです……！」

「じゃあ、お前に口笛を教えてやると約束したことも？」

志津原が目を細める。

理久の頬に血が上った。

覚えている、覚えていないわけがない。

あれが、二人が交わした最初の約束だ。

「あのあと、誰かに習ったか？　吹けるようになった？」

理久は首を横に振った。

「誰にも……そして僕、やっぱり上手く吹けなくて」

あのあと理久も何度かうさぎ当番になったが、うさぎが注目してくれるような口笛吹きにはとうとうなれなかったし、あんなことができる生徒も、他にいなかった。

「吹いてみろ」

志津原が意味ありげに理久の唇を見つめる。

「え……今……？　ええと」

理久は唇を窄め、音を出そうとした。

だが、すかすかした空気が出てくるだけだ。

「う……うう、と」

やはりどうしてもうまく音にならない。

「力が入りすぎてるんだ」

志津原が笑って、理久の唇に人差し指を当てた。

「力を抜いて」

くすぐるように、理久の唇を撫でる。

そして、解けた唇に、志津原の指が入ってきた。

「舌はどうしてる？　ちょっと丸めてみろ」

指が、舌の表面を撫でる。

理久の腰の奥がざわりとした。

だめだ、こんなふうに口の中に志津原の指を感じて……口笛のことなんて、考えられなくなる。

指に、舌を絡める。

ちゅっと吸い付くと……指が舌から逃れるようにぐるりと口蓋を撫でた。

「んっ……」

甘い声が鼻に抜ける。

これは、これはもう……

「口笛は、あとだな」

笑いを含んだ声で志津原が言った。

「口笛より、キスの上達のほうが速い」

理久だって、今は口笛よりも、キスがいい。キスがしたい。

志津原の指が理久の口からゆっくりと引き出された。

顔が、近付く。

「全部、教えてやる……口笛も、口笛でないことも。だからお前は、俺以外の前で、そんな顔をするな」

そんな顔とはどんな顔だろう。

おそらくもう頬は上気して、目も潤んでいるのだろう。

そんな顔を、志津原以外に見せるはずがない——それもまた、ひとつの約束。

そして理久だって……

「僕以外の人に、教えないで」

口笛も、口笛でないことも。

「当たり前だ」

志津原がそう言って、待ち焦がれた唇に、深々と唇を重ねてきた。

約束の約束

仕事を終えると、退社の前に志津原は個人用スマートフォンの電源を入れた。

期待したとおりに、一件のメッセージが入っている。今朝、電源を切る前に送信したものへの返事だ。

『土曜日、大丈夫です。楽しみにしています』

短い、それだけの文章だが、さんざん長い文章をいくつも考えて、悩んだあげくにこの状態になったのだろうと想像がつく。

理久との連絡はいつもこんな感じだ。

理久は大学生になり、志津原も仕事があるので、そう頻繁に会えるわけではない。

そして互いに、毎日長文で雑談を交わすという性格でもない。

特に理久は、最近ようやく志津原に甘えも見せてくれるようになったが、あくまでもそれは主にベッドの中だけで、基本的にははにかみやで遠慮がちだ。

あまり長い文章や、用事とも言えないような用事で頻繁に連絡をしたら、志津原の邪魔になるのではないかと気遣っているのだ。

志津原としては、理久からの連絡なら邪魔になどなるはずがないのだが、実際のところ仕事が忙しいので、まめに連絡を取れるわけでもない。

そんなあれこれがあって、今は、志津原が朝連絡し、理久が昼間のうちに返事をくれて、志津原がそれを夕方見る、というかたちに落ち着いている。

『では、土曜に』

志津原もそれだけ返し、スマホを胸ポケットにしまった。

「社長、何か楽しいご予定でも？」

広い社長室の、入り口近くのデスクに座っていた女性秘書が尋ね、志津原ははっとした。

おそらく頬が緩んでいたのだ。

理久と会うようになってから、秘書がそんなふうに話しかけることも増えてきた。

以前は研ぎ澄まされたナイフのようだった志津原の雰囲気が、最近どこか優しくやわらかくなったと、取引相手にも言われたことがある。

「ちょっとね」

志津原は軽く返しつつ、自分がそんなふうに返せることに、やはりまだ驚きを覚える。

「では、今日はこれで。きみもお疲れさま」

「お疲れさまでした」

秘書は立ち上がって扉を開けた。

社長室の外はさらに二人の秘書が待機する秘書室になっていて、彼らも立ち上がろうとするのを、志津原は手で制した。

「ああ、いい、お疲れさま」

「お疲れさまでした」

秘書たちに頷き、大股で廊下に出る。

時間は六時。

上の者が定時に上がらなくては、下の者は帰れない。

だから志津原は、夜の付き合いなど最低限必要な場合を除いては、極力タイムスケジュールは崩さない。

部下には丁寧に接するが馴れ合ってもいけない。

明確な指示や適度な距離感というものは、学院で教え込まれている。いつか「人の上に立つ」ことが前提で教育されているからだ。

だがそれでも、実際に自分が置かれる立場や、相手によって、自分の頭で考えて関係性を構築していかなくてはいけない。

そういうことを、SHIZグループのトップとなってから常に努力して心がけてきたつもりだが、最近はそういうことが、苦もなくできるようになってきたように思う。

理久がいるからだ。

遠慮がちな理久の表情や言葉の奥に何が隠されているのか想像することが、楽しい。

連絡の文面ひとつにしても、その奥に理久のどれだけの躊躇や思いやりが隠れているのかを悟ると、心が温かくなる。

そして自分が、そういう想像ができる人間であったことを発見し、驚く。

自分のように求められていることがたいていい苦もなくできてしまう人間は、想像力を失い、傲慢になりがちだ。

だが理久は自分を「とろい」「指示するよりもされる人間」と思い、そうでない自分にならねばと努力している。

その努力が志津原には眩しいのだ。

志津原からすれば、理久は今のままの理久でいいと思うのだが、理久が自分の中に抱いている理想を否定するつもりはない。

そして自分も、違う自分になる可能性を考えてみることになる。

理久は、自分の存在がどれだけ志津原に大きな影響を与えているか理解していないだろう。

出会いの最初からそうだった。

うさぎ当番で出会った、あのときから。

そこまで考えて、志津原の口元が綻んだ。

土曜、どこに行くかはまだ理久に知らせてないが、理久はきっと喜んでくれることだろう。


「うさぎだ！」

理久は顔を輝かせた。

低めの柵に囲まれた芝生の中に、白や茶色のもふもふしたものが点在している。

走ったり、じっと止まってもぐもぐと口だけを動かしていたり。

ここは、郊外の牧場型テーマパークだ。

都心から二時間ほど車を走らせたところにあり、志津原がハンドルを握る隣で、理久はどこへ行くのかとわくわくしていた。

そしてここへ着き、羊やアルパカなどが飼育されている場所をゆっくりと通り抜けて、この「うさぎの広場」へやってきたわけだ。

週末なので親子連れが多く、子どもたちが柵の中に入って楽しそうにうさぎと触れ合っている。

飼育員が抱っこの仕方などを教えていて、理久は嬉しそうに言った。

「そうそう、僕も最初、あんなふうに抱っこして蹴飛ばされました」

理久の、茶色がかってさらさらとした髪が、風にきらきらと光っている。

横から見ると、睫毛の長さがよくわかる。

女顔というわけではないが、繊細で優しい顔立ちには、嬉しそうな笑顔が似合う、と志津原は思う。

「あそこのうさぎは、もうずいぶん代替わりしただろうな」

学院、という言葉は出さずに志津原は呟いた。

学院ではさまざまな当番があった。動物の世話もそうだし、花壇を作ったり、芝生のメンテをしたり……変わったところでは銀食器を磨く、というのもあった。

将来、銀食器が揃（そろ）っているような家庭の一員となったとき、その手入れの大変さを認識しておくだけでその作業を担当している人間への気持ちが違う、という意味合いだった。

そんなさまざまな当番の中でも、実のところうさぎ当番は「好き」な部類だったのだと志津原は今になって思う。

「タカヒロさんがいたころに、胸のあたりに白いハートマークのあるグレーの子がいたでしょう？」

理久がそう言って志津原を見る。

「ああ、いたな、覚えている」

志津原が頷（うなず）くと、理久は微笑（ほほえ）んだ。

「あの子、ずいぶん長生きしたんですよ。僕があそこを出る直前まで元気でした。そして、あの子の子どもで、ちょっと位置は違いますけど、やっぱり胸に白いハートがある子がいたんです」

「そうなのか」

「あのハートの子、タカヒロさんの口笛で、僕の目の前でぴたっと止まったから、すごく印象に残ってるんです」

理久が、学院のことを話すとき、視線が優しく空を見つめるのが、志津原は好きだ。

そして、理久が志津原のことを「タカヒロ」と呼ぶ声も。

いつまでも「志津原さん」ではなく、名前で呼べと言ったら、理久は躊躇って「どっちの……」と尋ねた。

学院にいたときの「タカヒロ」か、今の名前の「貴志」か。

志津原としては、もう自分の名前は「志津原貴志」になっている。

学院にいたときの「タカヒロ」は仮の記号のような名前だと思っていた。

一応隆弘という漢字もあり、試験の答案用紙とか、当番のシフト表などにもそう書いてあった。

だが理久は、漢字は知らずに音だけで「タカヒロ」と記憶していたようだ。

そして理久に、面と向かって「タカヒロさん」と呼ばれたのも、あのオプション教育の時に一度だけだ。

それでも志津原は不思議と、理久には「タカヒロ」と呼んでほしい、と思った。

理久は慎重な性格だから、第三者の前では絶対に「志津原さん」と呼ぶ。

志津原を「タカヒロ」と呼ぶのは、二人きりの場合だけだ。

そして志津原は、理久にそう呼ばれると、くすぐったいような幸福感を覚える。

二人だけの共通の記憶の中にある、名前。

深いところで二人が共有している想い出を象徴するもの。

学院を出てから、あそこを恋しいと思ったことはない。新しい環境に適応し、与えられた課題をこなすのに精一杯で、懐かしいと思う暇すらなかった。

だが理久と出会い、理久が学院での自分の「タカヒロ」の想い出を語る中で、恋しいとか懐かしいとかの感情が芽生(めば)えてきた。

確かに自分はあそこで育ち、自分という人間の基礎はあそこでできた。

そして、理久も。

学院にいたときの名前を、そのまま名乗り続けることもなくはないが、数は少ない。

理久はその、少数派だ。

しかし実際には、志津原は理久が学院にいたときの名前は知らなかった。

志津原にとって理久は、最初から「宮部(みやべ)理久」だ。

そう考えていると、「名前」とはなんなのだろう、と不思議に思う。

そんなことを考えていると、理久が並んで柵に寄りかかる志津原を見上げた。

「あれ……あの口笛、どこのうさぎにもきくんでしょうか」

疑問と、期待と、笑いが入り交じった瞳。

志津原の頬も自然と緩む。

「どうかな」

学院のうさぎが、自分の口笛に反応することを知ったのは偶然だったと思う。

何気なく吹いた口笛で、ぴた、とうさぎたちが動きを止めたのだ。

驚かせてしまったのかと慌てたが、おそるおそるもう一度、今度は少し優しく吹くと、うさぎたちは安心したように動き出した。

それを何度か繰り返しているうちに、これはうさぎとのコミュニケーションなのだと感じるようになったのだ。

他の生徒が真似してもだめだったのが、どうしてなのか志津原にもわからない。

それでもまさか、初対面のうさぎには効かないだろうと思いながら、試しに小さくぴゅいっと吹いてみると――

うさぎたちが、ぴたりと止まった。

耳が、志津原のほうに向いているように見える。

「え……え⁉」

理久が目を大きく見開いて、志津原とうさぎたちを交互に見る。

周囲の子どもたちも驚いたように志津原を見たので、志津原は慌てながら、もう一度口笛を吹いた。

するとうさぎたちが一斉に動き出し、志津原と理久がいるほうに向かって走ってくるものも数羽。

「ええ？　どうして？」

「ねえ、パパ、パパもやって！」

子どもたちも、その親も面白そうに騒ぎはじめたので、志津原は慌てて理久の肩を抱いてその場を離れた。

早足で少し離れたところまで来ると、理久がぷっと吹き出す。

「そんなに慌てなくても……」

「いや……飼育員に、変なことをするなと怒られそうな気がしたから」

言い訳をしながら、志津原も笑い出していた。

こんなふうに笑うなんて子どもの頃以来だ、理久といると、早めに捨ててきてしまった子どもの頃の気持ちをもう一度思い出せるような気がする、と思いながら。


「あ……っ」

あえかな喘ぎが耳に心地いい。

すんなりと手足の伸びた細い身体が、のけぞり、紅潮している。

どこをどうすれば理久がどう感じるのか、すっかりわかったような気がするのに、それでも毎回、新しい発見があるような気もする。

自分が理久を抱いているのに、理久の中に埋め込んだ自分自身が、逆に理久に抱かれているような不思議な感覚。

ひとつになる、というのはこういうことなのだと、理久をいとおしみながら、志津原はつくづく思う。

あのオプションのとき、一般論として「自分がされて気持ちいいことを相手にすればいい」と言ったことを理久は覚えていて、志津原がしたことを精一杯返そうとする。

志津原の肌に触れ、口付け、志津原の性器をぎこちなく愛撫し……しかしそのうちに自分の快感で手一杯になってしまい、志津原のなすがままになる。

そういうところが可愛くてたまらない。

「タカヒロ……っさ……っ……」

切羽詰まった声の甘さに、耳から蕩けていきそうだ。

理久の絶頂が近いのを感じ、もう少しだけ引き延ばすために動きを止めると、「やっ……」と泣きそうな声を出し、志津原の腰に両脚を絡めてくる。

無意識のそんな動きが、たまらない。

その脚を抱えて理久の身体をさらに引き寄せ、ぐいぐいと腰を使って追い上げてやると、細い悲鳴のような声を上げ、白い喉をのけぞらせ、達する。

理久の中が痙攣し、志津原を誘うように締め付ける。

志津原も自分をコントロールできなくなり、ぶるりと身体を震わせ、己を解き放つ。

痙攣しながら理久の中に注ぎ込むと、理久の締め付けがじんわりと緩んでいき、二人の体温が完全に溶け合って、ベッドにそのまま沈んでいくような気がする。

その瞬間の、何にも代えがたい幸福感。

「理久……理久、愛している」

思わず零れたそんな言葉に、理久の身体がぴくりと震え……

「僕、も」

掠れた声でそう言って、理久の意識がすとんと落ちたのを見て、志津原は己を理久の中から抜き出すのも惜しいような気がしながら、理久の身体を抱き締めた。


眠っている理久の顔を見つめるのは、また違う種類の幸福感だ。

自分の傍らで、快感の余韻を唇の端に残しながら、完全に安心しきっている理久が、自分にすべてを委ねてくれていると思える。

朝からドライブに出かけ、食事をし、それから志津原のマンションに戻ってきて濃密な時間を過ごし……そして夜には自宅まで送っていく。

理久はまだ未成年だから、そのラインはきっちり守っている。

理久の両親の宮部夫妻も、志津原がその姿勢を崩さないからこそ、信頼してくれている。

今はまだ理久は、自分の両親との関係を固めるべき時期だ。

だがいつか、理久を「家に帰す」必要がなくなるときが来るだろう。

毎晩一緒に眠りに落ち、毎朝一緒に目覚める日々が、手に入るだろう。

それは……「家族になる」ということなのだろう。

学院にいるときから、「家族」への憧れは薄かったように思う。

学院の生徒はたいてい、自分が将来どういう「家族」を持つのかあれこれ想像していたが、志津原は不思議とそういうことがなかった。

自分の居場所を確立できるところであればいい、面倒な人間関係を一から築くのは煩わしい、とすら思っていた。

だから、志津原の父からのビジネスライクな申し出は気に入ったし、それがまさに自分の居場所だと感じた。

志津原の父は、情愛が薄く冷酷な部分さえあり、親しみを持てる人物ではなかったが、経営者としての手腕は尊敬できるものだったから、そういう人に後継者として見込まれたというのは誇らしくさえあった。

「不幸」とか「寂しい」とかいった感情とは無縁だった。

だがこうして理久を得てみると、やはり以前の自分の生活に決定的に不足していたものを、理久が確かに与えてくれると感じる。

いとおしい相手と時間を共有する幸福感。

こうして眠っている理久の顔を見つめていると、自然と頬が緩んでくる。

幸福そうに閉じた瞼、長い睫毛。

薄く開いた唇は口角がかすかな笑みを作っている。

これは、自分だけのものなのだ。

と……理久の唇が一度きゅっと結ばれ、呼吸が少し浅くなって……

ぱちっと、目が開いた。

二度瞬きし、志津原と目が合うと、ほんのりと瞳に恥ずかしげな色が浮かぶ。

「あ……見て、た……?」

「見てた」

見ていた、の「い」を省略するような喋り方は、ベッドの中でだけのもの。

「時間……まだ……?」

理久の視線が時計を探すように泳いだので、志津原は唇で瞼を塞いでやった。

「まだまだ、大丈夫だ」

「よかった……」

理久はそう言って、志津原の裸の胸に、頬を押し付けてくる。

「腹は減らないか」

「まだ……あ、でもタカヒロさんは……?」

「理久を食ったからな。だが理久は、食っても食っても食い足りないのが問題だ」

笑ってそう言うと、理久は「もうっ」と志津原の胸を軽く叩く。

快感の嵐が静まって、それが少しばかり気恥ずかしくもあるこの時間を「事後のいちゃいちゃ」とでも呼ぶのだろうと……そんな言葉を思い浮かべる自分がまたおかしくなる。

ようするに「どうかしている」のだ。

そして永久に「どうかし続ける」ような気もしている。

と……

「僕……前から知りたくて……尋いてもいいですか……?」

理久の声に、真面目な響きが混じった。

「なんだ?」

やさしく尋ね返す。理久に尋かれて困ることなどない、と思っていると。

「タカヒロさんは、あのオプションを……受けたんですか……?」

思いがけない質問に、志津原はぎくりとした。

「……ああ」

理久は何を知りたいのだろう、と思いながら答える。

「その人のことを、覚えていますか?」

「覚えていない」

事実だったので即答できた。

自分が理久に言った「行為のことは記憶して相手のことは忘れろ」という言葉は、そのときにその相手から言われた言葉だ。

実際、自分でもこれはどうなのかと思うくらい、「その人」の顔などはきれいさっぱり忘れ去っている。

ただ覚えているのは……他人と身体を重ねることは、別に恐ろしいことではないし、人間の営みとしてそれほど特別なことでもない、という事実だけだ。

欲望に流されないこと、自分をコントロールすること、ある意味「冷静なセックス」をすることは可能だということも教わった。

学院を出てから何度か、相手からの誘いで単純に欲求を解消するためのような関係を何人かと持ったが、それは常にそういう「冷静なセックス」だったように思う。

溺れることはなく、自分と相手の距離感を常に冷静に考えることができた。

そういう志津原の考えが伝わったのか、継続的な関係を望んでくる相手はなく、結果的に余計な面倒を避けることができたのだ。

オプションでは同時に、恋愛感情はなくても行為は可能だが、心が通じ合った相手との行為は、おそらくまるで違う物になるだろう、とも言われたが、そんなことは信じていなかったかもしれない。

だが理久を知って、それは真実だったと知ることができた。

ああいう、オプションの相手というのは相当慎重に選ばれているはずだ。

生徒の性格や性的成熟度などを見極め、相手を選ぶ。

その「相手」というのが学院の卒業生から選ばれているというのも、自分にその依頼が来てはじめて知ったことだ。

志津原は、自分の性格や立場に合った教えを確かに受けられたと思う。

そして自分にオプション教育の依頼が来たときには、自分が教わったのと同じようなことを教えてやればいいのだろうと思った。

だが……事前に渡された資料を見ると、理久は志津原と全く違う性格だった。

そして体格や、写真はなかったが文字で表現された容姿などからも、理久に必要なのは「自分がセクハラに遭った場合」の心構えのほうではないか、と感じたのだ。

不本意な体験で傷つかないように、心と身体を準備すること。

学院側の担当者とも相談はしたが、最終的に、流れでどうなるかは志津原に任せる、と言われた。

実際のところ、自分にそんなことを教えられるのだろうか、とも思ったのだが……自分がオプション教育を受けたことには感謝していたので、半ばその恩返しのような気持ちで受け、そして真剣な気持ちで臨(のぞ)んだのだ。

あくまでも、冷静に、義務的に……そう考えていたはずだった。

だが理久の顔を見て、そしてそれがあの、うさぎ当番で臨時に手伝ってくれた少年だと思い出した瞬間、志津原の胸に、懐かしさが込み上げてきて……そして、この少年の「はじめての相手」になりたいと心から思ってしまったのだ。

理久の素直さ、少し緊張して怯えた感じ、それなのに志津原を全面的に信頼して自分を預けてくれる様子が、志津原の中に密かな興奮を引き起こした。

そして、理久に触れ、理久を快感に導いている間に、不覚にも志津原自身も興奮してしまっていたことは、秘密だ……いや、いつか打ち明けてしまうのかもしれないが。

そんなことを考えていると、理久が尋ねた。

「あのあとも……オプションの教育の話って、あったんですか？」

それはただ、単純な疑問に思えたが、意外な質問に志津原は少し慌てた。

「いや、ないが……」

学院がオプション教育の担当者を決めるシステムはよくわからない。

自分に話が来たときには卒業生限定で依頼があるのかと思ったが、もしかすると卒業生以外で学院の存在を知っている人間にも依頼があるのかもしれない。

同じ人間に複数回依頼があるのかどうかもよくわからない。

「どうしてだ？」

志津原は優しく尋ねた。

すると理久は真剣な顔で言った。

「もし……あなたにもう一度そういう話があったとして……もちろん、それは断らないほうがいいんでしょうし、タカヒロさんはその……あの教育が上手だったから、適任者なんでしょうけど……でも」

少し躊躇ってから、思い切ったように言葉を押し出す。

「僕以外の人にあなたがまた、ああいう……って……もし、断れるんなら、って」

そう言ってから慌てて言い足す。

「いえ、ごめんなさい、僕がこんなことを言う権利……」

「受けないよ」

志津原は嬉しくなって、理久の言葉を遮った。

これは嫉妬だ。理久が、見知らぬ誰かに自分が性的な意味で触れることに嫉妬し、いやだと思ってくれているのだ。

そうわかると、頬が自然と緩んでくる。

「もう二度と、受けない。約束する」

それにそもそも、藤倉は理久と志津原の関係を知っているわけで、それは当然学院に報告されているだろう。

学院が、複雑な面倒を引き起こすような事態を望むとは思えないから、いずれにせよ、自

分には二度と依頼はないだろうと思っている。

だがそんな、組織の思惑の話は理久に言う必要はないだろう。

「本当に？」

ほっとしたような笑顔になる理久がかわいくてたまらない。

「こんな我が儘を言って、ごめんなさい、僕……」

「お前の我が儘なら、俺はいくらでも聞きたいんだが、もっと他に何かないか」

志津原が尋ねると、理久は困ったように考え込み……そして言った。

「あの……じゃあ……キス、して」

それは我が儘ではなくお願いだ、と志津原はおかしくなる。

だがどっちでもいい。志津原こそ、それは望むところだ。

つまり……自分たちは恋人同士なのだ。どこで育ち、どんな出会いをし、どういういきさつがあったにしても……この世にごまんといる恋人同士の一組であり、そしてそれはたまらなく幸福なことだ。

キスだけで済むだろうか、と志津原はちらりと時計を見てから……

目を伏せて待ち受ける理久のかわいらしい唇に、自分の唇を重ねた。

あとがき

このたびは「初恋契約　御曹司養成所」をお手に取っていただき、ありがとうございます。サブタイトルでお気づきの方もいらっしゃるかもしれませんが、これは「溺愛関係　御曹司養成所」の関連作になります。

とはいえ「御曹司養成所」という設定が共通しているだけで、前の二人とは無関係のカップルのお話ですので、この本だけでお楽しみいただけます。

御曹司養成所というものを思いついたとき、両方のお話をほぼ同時に思いついていました。そして「溺愛関係」を本にしていただき、もうひとつも書けるといいなあと思っておりましたら、こんなにも早く出していただけることになって感激です。

御曹司養成所は、名家の跡取りを養成して跡取りのいない家に送り込むという、当然実在しない、でもどこかにあったりするかもしれない学院のことです。

二人の気持ちが通じ合えばすべてオッケーという幸せな恋愛ものも好きなのですが、恋の前提として、何かしら障害があるのもいいなあ……と思い、過去を隠さなくてはいけないという障害がある設定として、こんな学院を作ってみました。

「溺愛関係」は、受けが学院出身者でしたが、こちらの「初恋契約」は、二人とも学院出身です。

お互いのことはお互いにわかっているのに、周囲に隠さなくてはいけない、加えて家同士が反目している、ちょっとロミジュリ的要素も盛り込んでみました。

イラストは前作に続き、鈴倉温先生です。

書きようによっては重くなるかもしれない設定のお話を、鈴倉先生のイラストで、ふんわり甘い雰囲気にしていただけたように思います。

素敵な二人を、本当にありがとうございました！

担当さまにも、今回も大変お世話になりました。

毎度タイトルで四苦八苦、今回も担当さまの案がなければどうなっていたことか……いつもありがとうございます。

そして、この本をお手に取ってくださったすべての方に御礼申し上げます。

この「御曹司養成所」に関しては、もうちょっと書きたいような気もしておりまして……よろしければ、感想、リクエストなど、編集部宛にお送りいただければと思います。

世の中は相変わらず「コロナ生活」で、皆さまも大変な日常を送っていらっしゃると思います。

そんな中で、ひととき日常を忘れて楽しんでいただければ嬉しいです。

それでは、また次の本でお目にかかれますように。

夢乃咲実

✦初出　初恋契約　御曹司養成所……………書き下ろし
約束の約束…………………………書き下ろし

夢乃咲実先生、鈴倉 温先生へのお便り、本作品に関するご意見、ご感想などは
〒151-0051 東京都渋谷区千駄ヶ谷 4-9-7
幻冬舎コミックス　ルチル文庫「初恋契約　御曹司養成所」係まで。

幻冬舎ルチル文庫

初恋契約　御曹司養成所

2020年10月20日　　第1刷発行

✦著者	夢乃咲実　ゆめの さくみ
✦発行人	石原正康
✦発行元	株式会社 幻冬舎コミックス 〒151-0051 東京都渋谷区千駄ヶ谷 4-9-7 電話 03(5411)6431［編集］
✦発売元	株式会社 幻冬舎 〒151-0051 東京都渋谷区千駄ヶ谷 4-9-7 電話 03(5411)6222［営業］ 振替 00120-8-767643
✦印刷・製本所	中央精版印刷株式会社
✦検印廃止	

ISBN978-4-344-84749-1　C0193　Printed in Japan